순면과 벌꿀

순면과 벌꿀

돌아오고 싶은 집을 만드는 방법

슬로보트 산문집

어떤우주

순면처럼 부드럽고

벌꿀처럼 달콤한 날들에 가닿기 위해

정진했던 날들의 기록

prologue.

어떤 하루라도
저물녘은 오기 마련

야외 생활을 하는 동안 들려오는 소식에 부산스러워진 생각을 먼지처럼 풀풀 달고 집으로 돌아온다. 사랑받고 싶어서 무리했던 순간이 떠오르면 되레 미움받은 것은 아닐까 조바심이 난다. 온종일 씩씩했던 날에도 후회되는 일들이 떠오르면 처진 어깨로 집으로 돌아온다.

하지만 집 또한 꽤 오랫동안 나에게 상처를 주는 장소였다. 가족들과의 관계, 이제 나를 싫어하게 된 것은 아닌지 걱정되는 사랑하는 사람들, 정신을 차려 보면 세상 누구보다 가장 잔인한 말로 혹독하게 스스로를 비난하는 나 자신. 이러나저러나 그 모든 존재가 나에게는 다시 돌아가야 하는 집이다.

어른이 되어 한참 후에야 내가 머무는 삶을 세상 사람들로부터 말해지는 방식이 아닌, 내가 사랑하는 방식으로 오롯하게 다시 일궈야 한다는 것을 알았다.

내로라하게 보여 줄 것까지는 없지만 내가 사는 집에도 작은 구원은 있다.

어떤 하루라도 저물녘은 오기 마련, 그래도 아직은 환한 저녁. 딱히 아침을 기다리지 않아도 좋다. 저녁은 저녁의 즐거움이 있으니까. 서점에서 조그만 돈을 벌고 좋아하는 반찬을 사서, 언덕 하나 넘어가면, 슈퍼 하나 지나가면 나타나는 아늑한 곳. 그곳으로 기쁘게 돌아가고 싶다.

물을 끓이고, 벌꿀을 담은 찻잔에 따르는 동안 나는 제자리로 돌아온다.

갓 마른 순면 이불 위에 햇볕 냄새가 나는 고양이와 함께 누워 있으면 먼 곳은 흐려지고, 가까운 곳은 따뜻해진다. 설거지를 하고, 양말을 꿰매는 동안, 열어 둔 창문에서 불어온 바람은 계절이 바뀌는 것을 알려준다. 그저 잘 머무는 것만으로도 마음을 새로 써내려 갈 수 있다.

돌아가고 싶은 사람들, 돌아가고 싶은 집을 만드는 일. 그것은 가만히 나의 무게추를 채워 넣는 일이다.

미워했다가 사랑했다가, 여기저기 수선할 곳투성이지만 내 곁에서 그동안 나를 키워낸 사랑을 알아차리고 싶다. 커다랗고 영원한 사랑이 아니어도 좋다. 사탕을 훔친 나를 용서해 준 문방구 할머니로부터, 먼저 말을 건네준 어린 시절 짝꿍으로부터, 엽서를 보내 준 우연히 만난 여행 친구로부터, 나를 만들어 낸 작고 무수한 사랑이 도처에 있다.

그동안 서로에게 많은 상처가 되기도 했지만 결국 그저 한 여린 인간으로서의 가족을 애틋하게 알아갔던 시간이 있었다.

세상의 풍파에 완전히 침식되어 위태로워졌던 순간, 혼신의 힘을 다해 쓴 위대한 작가의 문장보다, 함께 번뇌하는 친구가 소박한 음식을 먹으며 고심 끝에 전해 준 한 마디가 더욱 뼈에 들어와 박혔다. 마음과 머리를 쥐어짜서, 나만을 위해 내뱉은 말이었다. 눈앞에서 바로 목격할 수 있는, 살아 숨 쉬는 나의 귀여운 위인들과 닿았던 순간을 기억한다.

이 책을 읽고 난 후 지나온 풍경과 지금의 둘레를 구석구석 다시 바라볼 수 있었으면 좋겠다. 물결이 흘러간 후 들여다보니 내 손에도 사금처럼 빛나는 것들이 남아 있었다.

세상이 나에게 발신하는 소란스러운 모든 것들을 다 받아낼 필요는 없다. 보이는 곳들까지 모두 닿을 필요도 없다. 넘을 수 있는 만큼만 조금씩 고도를 높여 가고, 엉덩방아를 찧으면, 그 바람에 조금 무서워지면, 그냥 거기까지만 넘어도 된다. 움직이고 싶지 않을 때는 집이라는 작은 왕국을 돌보며 잘 머물면 된다. 그러다 어쩐지 힘이 생기면 엉덩이를 툭툭 털고 일어나게 될 것이다. 그러면 다음의 도움닫기에서는 무릎을 조금 높이 들어 올릴 수도 있을 것이다.

나와, 사랑하는 사람들과, 둘러싼 세상 모두, 불완전한 그대로 완벽하다.

그래도 아직은 환한 저녁, 당신의 집으로 무사히 도착하기를 바란다.

2023

북극서점에서

슬로보트

차례

둘

알아차려야 하는 사람

셋

새로 쓴 마음

epilogue·

하나

집의 언어를 만드는 방법

나에게 사랑스러운 집

집이 꼭 고급스러운 곳이어야 할 필요는 없지만 적어도 사랑스러운 점이 있어야 돌아가는 발걸음에 생기가 돈다.

싸이월드 미니홈피는 사람들이 공간을 통해 자아를 표현하고 싶어 한다는 것을 처음 알아채게 해준 곳이다. 나는 현대 한민족의 인테리어 DNA가 그때부터 발화했다고 믿고 있다. 도토리 만 원이면 온라인상에 내 꿈의 라이프스타일을 담은 방을 만들고, 다른 사람에게 자랑도 할 수 있다니, 게다가 그 방에 어울리는 음악도 흘러나온다니, 없던 인테리어 자아도 용천수처럼 콸콸 솟아나는 곳이 싸이월드 미니홈피였다.

집이 자신을 표현할 수 있는 캔버스 같은 공간이라는 것을 너무 늦게 알았다. 아니, 사실 알고는 있었지만 나도 그것을 할 수 있는 사람이라는 사실을 뒤늦게 깨달았다. 그전까지 집을 꾸민다는 것은 나중에 돈 많이 벌면, 결혼하면, 혹은 집을 산 이후에야 시작되는 것이라는 암묵적인 분위기가 있었다. 집을 꾸미는 것에는 아주 많은 요소가 필요하다고 생각해 왔다. 외국에서 온 멋진 소품과 빈티지 가구, 고급 가전제품과 화가가 그린 그림이 준비되어 있어야 하고, 그 이전에는 넓은 집, 또 그 이전에는 걷기 좋은 동네에 살고 있어야 시작되는 일이라고 말이다.

큰 힘을 들이지 않고도 집으로 자기표현을 할 수 있다는 것을 알게 된 것은 서른 살 즈음의 일이다. 독립 영화 감상 모임을 통해 알게 된 친구 뚜앙이가 독립한 집에 방문하고 적지 않은 충격을 받았다. 비누 받침대가 개구리 모양이었다. 개구리 모양 비누 받침대라니. 삼천 원짜리 개구리 비누 받침대 하나만 있어도 이렇게 기분이 좋을 수 있다니.

당산역 부근의 작고 추운 단칸방과 좁은 부엌, 꽤 넓은 지하 작업 공간으로 이루어진 뚜앙이의 자취집에 들어서 자마자 처음 본 것은 쓰레기가 들어 있던 마트 카트였다. 마트 카트를 가지고 오는 것은 범죄 아닌가? 라는 생각 이전에 마트 카트에 쓰레기봉투를 담아서 끌고 다니다니 뭔가 미국 영화의 한 장면 같고 멋지다, 라는 생각이 먼저 들었다. 실제로는 집 근처에서 주웠다던가 했지만 나는 역시 내가 좋아하는 친구가 거나하게 술에 취한 어느 밤, 카트에 냅다 올라타고 누군가에게 집까지 밀어 줄 것을 꼬부랑말로 강요하며 마트에서 훔쳐 왔을지도 모른다고 상상하기를 좋아한다.

화가가 되고 싶었던 뚜앙이는 지하 작업실에서 자기 몸보다 커다란 캔버스에 어두운 유화를 생산하고 있었다. 지상의 작은 생활 공간에 걸어 둔 그림은 아이가 그린 듯 단순한 작품들이었다. 종이에 대충 낙서하듯 그린 것을 액자에 넣어서 걸어 두기도 했는데 그렇게 대충 그린 것도 액자에 담아 두니 아름다움이 느껴졌다. 친구에게 받거나 혼자 카페에서 끄적인 엽서와 낙서, 그저 나에게만 소중한 개인적인 기록이라도 액자에 담아 세상에 보여 주는 것과 상자에 쌓아 두기만 하는 것은 무척 다르다. 둘 사이에는 실금 하나만큼의 거리만 있을 뿐이지만 그 실금은 북극 빙하의 끝을 알 수 없는 크레바스처럼 깊고도 분명하다.

내가 바라는 아름다운 집은 최고급 가전제품과 이역만리를 헤쳐 온 빈티지 가구로 완성되는 것이 아니라는 것을 처음으로 알게 되었다. 개구리 비누 받침대를 살 것인지, 오리 비누 받침대를 살 것인지 신중하게 골랐을 친구의 귀여운 시간, 꼭 그러지 않아도 되는 시간을 들여 자신의 생활에 정성을 들인다는 것. 아끼는 사람들과 자신의 흔적을 모두 귀하게 여기고 나를 둘러싼 환경으로 만들어 내는 마음. 그 모두가 얼마나 사랑스러운지. 한 사람의 역사와 마음과 온기를 느낄 수 있는 집이 좋다. 오랜 시간 자신의 삶을 사랑하는 흔적을 담아내면 집에도 언어가 생겨난다. 말문이 트인 집에 앉아 있는 것을 좋아한다. 새로 이사한 집에 들어섰을 때 집의 목소리가 들려오는 것은 공포 영화에서 종종 보기는 했는데 뭐 그렇게 무섭지도 않았다.

스무 살 때 대학에 들어가며 독립을 했다. 장미 빌라의 지하 방은 저렴하고 넓어서 좋았지만, 하수구가 종종 역류해서 자다 말고 주인집과 함께 물을 퍼내야 하는 단점이 있었다.

이러나저러나 나의 집이었기 때문에 들뜬 마음으로 예쁘게 꾸미고 싶었다. 바로크 시대의 유럽 영화에서 보았던 벽지를 떠올리며 문방구에서 자주색 한지를 샀다. 포인트 띠벽지를 두르면 완벽할 것 같아서 분홍색 한지도 샀다. 유럽풍 한지라니 좀 이상하게 느껴질 수도 있겠지만 원래 초심자는 상상과 결과물의 괴리가 크다. 자주색 한지의 틈이 보이지 않도록 힘겹게 벽 한쪽을 다 붙이고 분홍색 한지도 무려 두 줄로 오려서 가운데 붙였다. 평행선을 맞추느라 정말 힘들었는데 완성하고 보니 아뿔싸, 뭔가 어둠의 세계로 통하는 터널이 만들어진 것만 같았다.

나는 결단이 빠르므로 이 벽지를 다시 뜯어내기로 했다. 막 풀이 붙은 붉은 한지를 긁어서 뜯어냈더니 흔적이 잔뜩 남아 유럽풍은 유럽풍인데 마치 유럽의 드라큘라 백작을 처단한 후 피가 흐르는 듯한 벽이 완성되었다. 하수구가 역류했을 때 주인집 사람이 와서 목격하고 기겁을 한 눈치였지만, 집에 하수구가 역류한다는 큰 단점이 있기 때문인지 아무 말도 하지 않았다.

더 거슬러 올라가 처음으로 갖게 된 내 방의 풍경을 떠올려 본다. 중학교 2학년이 되자 나도 절반쯤은 내 방이 생겼다. 왜 절반이냐면 난방이 되지 않아서 겨울에는 내려와야 했기 때문이었다. 단칸방 벽의 작은 문을 열면 다락방 계단이 나왔다. 세모 지붕의 기울기를 따라가면 점점 낮아져서 무릎을 꿇고 엉금엉금 기어야 누울 수 있었다.

처음 갖게 된 내 다락방에 올라갔을 때 낮은 벽에 파스텔로 조그맣게 그림을 그렸다. 무성하고 긴 초록 잎사귀 사이에 작고 노란 안개꽃을 켜켜이 그려 넣었다. 스페인 알타미라 동굴에 구석기 시대 사람들이 들소의 모습을 정성스럽게 그렸던 이유도 그곳이 처음으로 갖게 된 자신들의 방이었기 때문이었을까? 그 방과 사랑에 빠진 나머지 무엇이라도 아름다운 것을 가져다 놓고 싶었을까?

조그만 안개꽃 그림과 좌식 책상과 세 칸짜리 책장이 있는 다락방, 처음 생긴 내 방에 유일한 친구 현진이를 초대했다. 사춘기 소녀들을 사로잡았던 헤르만 헤세의 문장을 편지지에 또박또박 옮겨 적으며 서로의 슬픔을 털어놓았던 나의 친구. 우리는 심야 라디오를 들으며 버티고 버티다가 누군가 잠에 투욱 떨어질 때까지 수다를 나누었다. 엎드리면 조그만 창문으로 밖을 볼 수 있었는데 아빠가 집으로 돌아오는 모습을 볼 수 있어서 좋았다. 벼락치기 나라의 사람으로서 가족들이 모두 잠들어도 내

방에 불을 켜놓고 밤늦게까지 시험공부를 할 수 있다는 것도 안심이 되었다.

처음 가진 방을 정성스럽게 꾸미는 것. 무언가를 분명히 소유하고 책임지는 경험은 어른이 되어 가는 작은 사람에게 이 배가 어디론가 출발했다는 것, 커다란 시절이 시작되었다는 것을 느끼게 해주었다. 나를 둘러싼 것, 나로부터 시작되는 것들을 최선을 다해 아름답게 완성해야 하는 날들이 다가오고 있었다.

손가락 하나만
까딱하는
구원

서점을 열고 나서는 삶의 신선하고 밝은 부분을 잘 누리며 살고 있다. 좋은 사람들과 연결되어 기쁜 순간이 많다. 그렇게 삶에 잘 올라타고 있을 때는 잊는 편이지만 여전히 죽음에서 벗어나기 위해 사는 기분이 들 때도 있다.

그것을 떨쳐 버리기 위해 계속 무언가를 새롭게 결심한다. 덕분에 외국으로의 대형 산책과 커다란 즐거움을 찾아 나서는 쾌락주의자가 되었다. 가끔은 정말 그만 살고 싶다고 생각하지만, 여전히 건강을 위해 탄 부분은 잘라서 먹고, 담배 연기는 피하고, 유기농에 혹하고, 라면을 먹을 때마다 죄책감을 느낀다.

TV를 보며 집에 있는 시간이 길어지면 어느새 시무룩해진다. 문득 소스라치며 그때 내가 왜 그랬을까, 그 말은

하지 말걸, 하고 스스로에게 진저리를 낸다. 인간은 왜 그토록 오래 살고 싶어 하는 것일까? 그 많고 많은 외롭고 심심한 시간을 잘 견디지도 못하면서.

동생과 친구에게 물어보니 한 번도 죽고 싶다는 생각을 한 적이 없다고 한다. 그분들 모두 평균 이상의 고통을 아는 사람들이다. 그 말을 듣고 정말 놀랐다. 나는 누구나 그런 생각을 하는 줄로만 알았다. 역시 자신의 경험만으로 세상을 비추어 이해하면 필연적으로 좁은 시야를 갖게 되는 것이구나. 하지만 시야가 좁은 나는 역시 많은 사람이 느끼는 삶의 감정 중에 하나로 죽음에의 충동이 있을 것이라고 지레짐작한다.

언젠가 뚜앙이가 물었다.

"여기 버튼이 하나 있어. 이 버튼을 누르면 아무런 고통 없이 내가 세상에 태어났다는 사실조차 지워지며 사라져. 태어나지도 않았으니까 나를 아는 모든 사람들이 슬픔에 빠질 일도 없어. 너라면 이 버튼을 누를 것 같니?"

"아- 라면 끓이기 귀찮아- 하며 그냥 눌러 버릴 것 같은데? 너무 엄청난 유혹이니까. 아마 지구 인류의 90%는 사라져 버리지 않을까?"

그런 버튼을 가지고도 20년 넘게 살아 있는 사람들이 살아가는 세상은 조금 무서울지도 모른다. 코믹 SF 소설 주제나 페이크 다큐멘터리 소재로 써보고 싶을 정도이다. 자신의 인생을 사랑하는 것과 별개로 누구나 돌바닥에 굴러떨어질 때가 있고, 더 힘을 내기가 귀찮을 때도 있을 테니 끝까지 완주하는 것만으로도 정말 대단한 일이 아닐까?

하지만 우리에게는 그런 터미네이터 버튼이 없고 무너진 채로도 하루는 근근이 이어진다. 지루할 뿐이다. 마음을 다해 좋아하던 것도 결국은 시시해지게 마련이라는 생각, 모닥불에 물을 끼얹고 남은 검고 축축한 나무가 된 기분. 그만 살고 싶다고, 심각하게 하는 말은 아니지만 가늘고 무거운 무언가가 꾸준히 내게 나쁜 말을 시킨다.

'지는 기분은 싫어. 무시당하는 것은 싫어. 비참한 곳으로 가는 것은 정말 싫어. 무언가 노력해야 하는데 정말 모두 귀찮은 일일 뿐이야.' 「곰돌이 푸」에서 우울한 당나귀 이요르가 말할 법한 혼잣말이다.

나는 사랑이 인생에서 가장 중요한 사람이어서 진심으로 사랑했던 사람과 영영 헤어질 때마다 식물인간이 되어 버린다. 절망에 빠진 채 집 밖은커녕 침대 위에 누워 중력으로 칭칭 몸이 묶여 있다. 그럴 때는 가위에 눌린 듯 깨어나기가 힘들다.

정말 딱 손가락 하나만 움직이면 되는데 어림도 없다. 카뮈가 시지프스 신화에서 인생의 고통을 매일 오르막길로 엄청난 바위를 굴려 올리는 것에 비유한 것은 너무 적절하다. 그에 더해 손가락 하나로 바위를 굴려야 하는 막막함이 들이닥칠 때가 있다. 영화마다 클리셰로 등장하듯, 그럴 때 주인공의 집은 엉망진창이 되어 버린다.

나에게는 손가락 하나 까딱하는 일이 집안일이었다. '너는 어쩜 그렇게 손가락 하나 까딱을 안 하니?'라는 아침 드라마의 잔소리는 손가락 하나 까딱할 힘 정도만 있으면 인생에서 꽤 많은 일이 해결될 수도 있다는 복선일지도 모른다.

죽고 싶다는 말은 사실 죽고 싶을 만큼 행복하게 살고 싶다는 말이다. 하지만 힘이 없는 상태에서는 죽을 만큼의 힘을 내야 그곳에 닿을 수 있을 것만 같아서 더욱 아무것도 할 수가 없다. 나도 살면서 한 번쯤은 그냥 대충 별 힘들이지 않고도 원하는 바를 이룰 수는 없을까? 고양이 모래를 잘 퍼내고, 수건을 잘 개는 것만으로도 행복해지고 싶다. 부족한 통장 잔고와 사랑 속에서도 비틀린 마음 없이 세상의 아름다움을 찾아내고 싶다.

다행히 집 안에 잘 머무는 것만으로도 마음에 균형을 되찾을 때가 있다. 주어진 것이 많지 않아도 순면 이불을 덮는 순간의 청량한 안락함. 따뜻한 물에 벌꿀을 풀어 마시는 순간의 작은 풍요는 누구나 누릴 수 있으니까.

그런 다음에는 '뭘 해볼까?' 산뜻한 궁리를 시작하는 시간이 찾아온다. 사실 슬픔의 시절을, 보잘것없는 시절을 끝까지 통과하는 것만으로도 마음껏 우쭐거릴 만한 일이 아닐까?

일어나서 거울을 본다. 사랑하는 사람을 잃고 얼굴이 잿빛으로 변한 불쌍한 인간의 머리카락을 손으로 대충 빗겨 준다. 몸을 씻는 것과 설거지를 하는 것과 청소기를 돌리는 것 중 딱 하나만 해치운 후 뿌듯해하며 다시 누워도 된다. 내일 또 일어나면 된다. 자, 이제 정말 작지만 어쨌든 세상이 바뀌었다. 하루에 하나씩, 힘이 조금 나면 두 개씩이나 해본다.

손가락 하나를 까딱해서 전화하고 싶은 사람이 있으면 좋겠지만 생각이 잘 나지 않으면 혼자 글을 써도 좋겠다.

손가락 하나로 나의 존재가 사라지는 버튼을 누르는 것처럼 쉽지는 않겠지만 오늘 나를 둘러싼 세상을 바꾸는 일이 분명히 있다. 작용과 반작용을 거듭하는 동안 나는 나에게 더욱 친밀하게 소속되어 간다. 그것은 이 세상에 대한 소속감으로 이어진다.

모리스 샌닥의 『괴물들이 사는 나라』에는 외롭고 이해받지 못하는 소년이 작은 방 안에서 키워 냈던 괴물들이 나온다. 내면에서 솟아나는 괴물들과 신나게 부대끼며 놀다가 때가 되면 '이제 그만' '싫어'라고 외치는 것. 원하는 때에 손을 들어 작별할 수 있다는 것. 어쩔 수 없이 나쁜 상태에 빠졌을 때도 스스로 피신할 수 있는 멋진 마음의 빈방이 있다는 것.

그곳에서 마음을 식히고 나면 진짜 방 안에 놓인 따뜻한 수프 한 그릇과 샌드위치를 먹으며 다시 돌아온 세계를 음미할 수 있다. 자기 자신에게 소속된 사람, 감정의 주인이 되어 어깨에 올라타고 호령할 수 있다는 것은 얼마나 멋진 일인가.

신을 믿지 않고 복권도 사지 않지만 비합리적이게도 별자리 점을 자주 찾아본다. 올해는 천칭자리에 행운의 별

목성이 머무는 기간이라 원하는 것을 향해 달려가면 그것을 얻게 된다고 했다.

별자리 점을 즐겁게 보는 이유는, 사실 도덕 교과서 같은 옳은 말이나 성숙한 인간이라면 응당 그래야 할 처세를 마치 별들의 메시지인 것처럼 힘을 실어 말해 주기 때문이다. 노력과 성실, 겸손과 용기 같은 가치를 실행에 옮길 수 있게 해주는 충고가 뼈대이고 어느 날짜가 길하다거나 에메랄드색이 행운의 색이라든가 하는 것은 그냥 애교 같은 것이다. 달이 차면 기울고 행성들이 규칙적으로 태어나고 소멸하는 우주의 세계에서 우주의 한 입자인 내 운명 또한 맥락에 맞게 굴러가고 있다고 생각하니 이 세계에 막연한 소속감을 느끼게 된다. 별자리 점 속의 말들은 내 등을 살짝 밀어 행동하게 해준다.

자석의 다른 극끼리는 붙는다거나 같은 극끼리는 밀어내는 기본 물리법칙을 알고 있다. 힘껏 무언가를 던지면 그것이 바닥에 나뒹굴더라도 던지기 전과 후의 풍경은 달라진다. 작용과 반작용. 그것으로 된 것이다. 너무나 아름답고 당연한 물리의 세계. 그 작용과 반작용 사이에 내가 찾고 있는 사건이 일어난다. 우리에게 필요한 것은 살짝이라도 움직일 수 있도록 등을 투욱 밀어 주는 지지와 이 세계에 대한 믿음이다.

꼬질꼬질 묵은 마음을 씻어 내리는 심정으로 정성스럽게 머리를 감고 물줄기를 맞았다. 가벼운 산보를 나가면 오늘의 햇빛이 등에 닿을 것이다.

작은 물건 왕국의 백성들

「하울의 움직이는 성」에는 강인하고 아름다운 마법사 하울이 나온다. 하지만 그것은 힘껏 버티며 드러나는 그의 겉모습일 뿐, 실은 아름답지 않고서는 살아갈 수 없다고 울며 외치는 연약한 영혼을 가지고 있다.

하울은 많은 여성의 사랑을 받지만 늘 공허하다. 엉망진창으로 더러워진 성은 악마와의 계약으로 사랑을 받아들일 심장이 없는 그의 망가진 내면을 상징한다. 하울의 방에는 입이 떡 벌어지는 기이하고 화려한 보석이 그득한데 그것은 모두 서쪽 마녀가 주는 두려움으로부터 스스로를 지키기 위해 놓아둔 부적일 뿐이다. 그 아름다운 것들 하나하나가 그저 모두 살고 싶어서 모은 것이었다니, 얼마나 많은 슬픔과 두려움을 혼자 견디고 버텨 온 것일까?

작은 행성에서 슬픔을 가누기 위해 지는 해를 좇아 하루에 마흔네 번이나 노을을 보았다는 어린 왕자가 떠올랐다. 가만히 두면 구름처럼 서서히 흩어지는 것이 슬픔이지만 그 묵직한 먹구름 아래에 있으면 두렵고 조바심이 나서 역시 뭐라도 하고 싶어지는 것이다.

하울처럼 보석 부적을 모으는 것은 형편상 어렵지만 나도 집에 아름다운 것을 가져다 두며 마음을 채운다. 반짝이는 것을 보면 둥지로 가지고 오는 까마귀의 기쁨, 사랑받고 싶어서 좋아하는 색깔로 만들어진 것들을 수집해서 입이 떡 벌어지는 집을 건축하는 바우어새의 집념, 그 모두를 충분히 이해한다.

고등학교 때는 좋아하는 영화 엽서와 음악 테이프를 잔뜩 수집했다. 미션 스쿨이라 의무적으로 예배를 보게 했는데 종교가 없었던 나는 반항하고 싶은 마음이 들어 그때마다 몰래 빠져나와 학교 근처의 문방구와 서점, 음반가게로 향했다. 그때 샀던 영화 「바그다드 카페」 엽서와 퀸의 테이프는 아직도 가지고 있다.

수영을 잘하지 못하는 사람이 바다를 즐기는 법은 해변을 산책하며 무언가를 수집하는 일이다. 김목인 씨의 노래「비치코밍」에 나오듯 그것은 바다의 머리를 빗겨 주는 일. 나름 예리한 안목을 갖고 산책하며 마음에 드는 바다 쓰레기를 줍는다. 해변에서는 별별 기타 등등이 다 나온다. 어쩌면 유물일지 모르는 깨진 도자기, 하얗게 바랜 나뭇가지, 산호와 동그랗게 마모된 바다 유리, 우주 운석 같은 검은 암석과 표고버섯 모양의 돌멩이. 한가해질 때를 기다렸다가 이 모두를 매달아 모빌을 만들어 걸어 두는 것이 바다 산책을 마무리하는 일이다.

친구를 따라 제주에 사는 음악가 선경 님의 집에 처음 가보았을 때 짝꿍과 함께 만드시는 도자기 브랜드「모습」의 동화 같고 시적인 작품도 조금 수집했다. 당나귀에 올라탄 소녀, 커다란 고양이가 등을 굴려 태워 주는 비행기 놀이에 한창인 아이, 산양의 발치에 몸을 뉘고 단잠을 자는 사람, 모두 순간 아득한 곳으로 데리고 가주는 마법 같은 작품이었다.

아이들에게 그림책을 읽어 주었던 수업에서 만난 샹딘팔이라는 이름의 소녀가 접어 준 보라색 종이학도 잘 보이는 곳에 두었다. 딘팔은 수업에 찾아가는 나를 모든 순간 환대해 주었다. 함께하며 좋았던 마음은 반드시 전해 주었고, 사소한 말도 잘 기억했다가 직접 해보았던 경험을 말해 주었다.

고양이들이 종종 깨트리지만, 그 속에 언제나 눈이 흩날리는 세상이 있는 스노우볼도 무척 좋아한다. 훌륭한 이야기는 책을 덮고 난 이후에도, 영화가 끝난 이후에도 주인공들이 이 세상 한구석에 살아가고 있을 것만 같고, 살아가고 있기를 바라게 되는데, 스노우볼에는 언제나 진행되고 있는 이야기가 들어 있다. 유리구슬 속을 바라보면 곧 새로운 등장인물이 나타날 것 같다.

좋아하는 것이 많아서 집에는 늘 작은 물건이 넘친다. 다행히 서점을 열며 가져다 둘 곳이 생긴 덕에 집이 예전보다는 날씬해졌지만, 여전히 잡동사니들이 넘친다. 경북 상주 사투리를 쓰는 친구는 그것들을 '저저리'라고 놀린다. 전등을 끄러 가다가 저저리들을 흘깃 바라보고 가까이 다가가서 예뻐할 때가 있다. 비록 먼지 청소가 힘들기는 해도 그냥 먼지가 쌓인 채로 두면 되니까 괜찮다. 어느 날 큰맘 먹고 먼지 청소를 시작하며 작은 물건들을 들어 올리면 내 왕국의 멋진 백성들을 만나는 기분이 든다.

작은 아름다움이 우리를 지켜 주는 것인지는 잘 모르겠다. 하지만 작은 물건마다 담긴 이야기는 분명 우리에게 먹구름을 몰아낼 멋진 주문이 된다. 잠시 좋은 기억으로 데려가 머물게 해준다. 그들은 내가 그동안 이런 다정함을 지나 살아왔다는 것을, 여전히 그 속에 둘러싸여 있다는 것을 은은한 목소리로 속삭여 준다.

약약 중간 약약,
집안일 음악

4월의 제주 가파도는 청보리와 유채꽃이 가득하다. 바다로부터 커다란 바람이 불어오면 한꺼번에 일렁이며 섬 전체에 반지르르 윤이 난다.

청색 바다 위, 너르게 반짝이는 빛으로 시선을 옮기면 이 순간만큼은 지상의 모든 것이 완벽하게 빛나는 것 같다. 그 바닷길을 따라 발을 구르며 자전거를 타는 것이 봄날의 큰 즐거움이다.

사람들은 보통 아침에 들어가서 오후에 섬을 나오지만 나는 하루 묵으며 사람들이 빠질 때를 기다렸다가 노을길에서 자전거를 탄다. 처음 한 바퀴를 도는 동안에는 조용한 섬에서 들려오는 소리를 듣는다. 바닷가에서 일하는 엄마에게 언제 오냐고 외치는 섬 아이의 목소리와 파도

소리 같은 것들. 이후로는 자전거에 어울리는 음악을 이어폰으로 들으며 페달을 밟는다.

주로 메르세데스 소사의 「Como La Cigarra」, 패밀리 오브 더 이어의 「Hero」, 권나무의 「자전거를 타면 너무 좋아」 세 곡을 반복해서 듣는다. 음악을 들으며 자전거를 타면 눈 앞의 풍경이 영화처럼 보인다.

자전거를 타고 거대한 영화관의 장막 속으로 내달리면 그 속의 흙과 바람이 발밑에 정말 있게 되는 마법이 이루어진 것만 같다.

영화를 너무 많이 봐서 그런지 집에서도 그렇다. 음악을 들으면 평범한 우리 집이 영화의 배경처럼 느껴지고, 눈에 보이는 일들이 하나의 시퀀스가 된다. 음악의 무드에 따라 집의 장르도 바뀐다. 하루카 나카무라의 앨범 「Still Life」, 햇빛이 잔잔한 날에는 영화 「빵과 수프, 고양이와 함께하기 좋은 날」 O.S.T를 틀어 두면 평온한 일본 드라마 속의 등장인물이 되어 움직이는 것 같다.

설거지할 때도, 힘차게 물걸레질할 때도, 무와 양배추를 썰 때도, 힘이 덜 든다. 하와이 우쿨렐레 음악이나 주앙 질베르토의 보사노바도 집안일에 잘 어울리는 음악이다.

몸에 약간의 리듬이 생기는 약약 중간 약약의 음악이 나의 집안일 음악 취향이다. 음악과 함께 엉금엉금 하는 집안일은 나름의 운치가 있는 동작이 된다.

언젠가 더운 나라의 숙소에 딸린 개인 수영장에서 모두 벗고 별을 보며 혼자 밤 수영을 한 적이 있다. 그때 반복해서 틀어 놓았던 음악은 베토벤 피아노 협주곡 5번 '황제' 2악장. 별 아래에서 막 태어나는 생명에게, 혹은 모든 생을 마치고 생명이 사그라들기를 기다리는 사람에게도 그 음악을 들려주고 싶다. 느리게 쏟아지는 피아노 음표에 생명을 더욱 애틋하고 선명하게 만드는 무엇이 있었다.

영화 「애프터 양」에는 가족들이 고장 난 안드로이드 인간 양을 수리하며 그의 비밀스러운 메모리 뱅크를 재생하는 장면이 나온다. 그저 기계적인 영상으로 기록되었어야 하는 일상의 장면들은 양이 가진 사랑의 마음을 거쳐 눈물겹도록 벅찬 장면으로 펼쳐진다.

흩날리는 나뭇잎 사이로 부서지는 주홍빛 햇살, 무지개와 아끼는 사람의 웃음. 그는 가족사진을 찍기 위해 셔터를 누른 후 멈칫하고 가족들을 한 번 더 소중하게 눈에 눌러 담는다. 소중한 것을 아까워하는 마음. 우리는 그것을 영혼이라고 부를 수 있다.

삶을 시간의 흐름에 따라 일어나는 물리적인 사건으로만 바라본다면 우리의 영혼은 빈약해질 것이다. 영혼의 능력이란 어쩌면 덤덤히 흘러가는 보통의 날들이라도 나와 눈앞의 세상, 단둘만이 알 수 있는 오롯한 의미를 덧입히는 것이다.

음악은 그 마법을 순식간에 이루어 준다. 땅을 내려치면 둥그렇게 솟아오르는 마법이 되어 내 앞에 있는 지금을 가장 아름다운 시선으로 볼 수 있게 해준다.

설거지통과
이 집의
안녕

눈은 마음의 거울. 설거지통 또한 마음의 거울처럼 느껴진다. 그러면 설거지통은 집 안의 눈알 같은 것인가!

그러니까 심연을 오래 바라보면 심연도 너를 바라본다는 니체의 말처럼 설거지통에 너무 신경을 쓰면 설거지통이 지나갈 때마다 나를 바라보는 사태가 벌어진다.

설거지통이 늘 아무것도 없이 깨끗하면 좋을 것 같지만 그것은 좀 부자연스럽게 느껴진다. 마음이 어떻게 그래? 때가 낄 때도 있고, 개운하게 비워질 때도 있고, 한가득 쌓여서 끄응 소리가 절로 날 때도 있는 거지. 매일 깨끗하게 잘 정리된 설거지통이라니, 누가 대신해 준다면 모르겠지만 개인적으로 먹자마자 설거지를 해야 하는 가풍을 가진 집에서는 태어나고 싶지 않다. 한 가정의 관용은 설거지통에서 목격할 수 있다고 말하고 싶다. 바로 해치워도 부담스럽지 않을 만큼의 그릇이 정갈하게 쌓여 있는 정도가 딱 좋다. 보통 그런 풍경이어야 깨끗하게 설거지를 했을 때, 마음이 치유되는 귀한 경험을 할 수 있기 때문이다. 매일 깨끗한 설거지통을 봐도 그때마다 기분이 좋은지는 내 평생 알 수가 없지만, 더러운 설거지통을 깨끗하게 비웠을 때 느껴지는 상쾌함은 확실히 안다. 치약으로 마음을 닦으면 이런 기분일 것이다.

그렇다. 설거지는 즉각적으로 기분을 바꿔 줄 수 있는 최고의 집안일이다. 물과 함께 하는 집안일은 대부분 마음이 개운해진다. 물은 생명의 근본으로 예로부터 더러운 것을 맑게 하는 정화의 의미가 있다고 했다. 정화수 앞에서 사랑하는 이가 무사히 집으로 돌아오기를 빌었던 것처럼 설거지를 할 때마다 이 집의 안녕을 빌자고 하면 사람이 좀 이상해 보일 수 있으니까 접어 두겠다. 실제로도 안녕을 빌기는커녕 '어이구, 어이구우, 뭘 이렇게 많이 먹었어. 정말 어서 알약만 먹는 시대가 와야 설거지를 안 할 수 있는데-'라고 투덜거리기 때문이다.

설거지는 내가 가장 하기 싫어하는 집안일이다. 나의

설거지 연대기는 초등학교 5학년부터 시작한다. 부모님의 이혼 후 할머니네 맡겨진 지 7년 만에 마침내 아버지가 다시 우리를 데리고 가기로 결심했다. 아버지는 10평 정도의 사무실에 기원을 시작하셨는데 바둑을 두러 오는 사람은 모두 아버지의 친구들뿐이었고, 내기 바둑, 혹은 담배를 한가득 피우며 포커나 고스톱으로 밤을 새우기 일쑤인 곳이었다. 그 사무실 한쪽에 나무로 가벽을 세워 마루를 올린 작은 방. 온돌도 없고, 세 식구가 누우면 가득 차는 방이었지만 그곳이 처음 생긴 우리 가족만의 공간이었다.

설레는 마음으로 그 사무실에 처음 도착했던 오후, 내가 발견한 것은 싱크대 위에 초파리 애벌레가 가득한 냄비였다. 나는 직감적으로 이것이 나의 일이라는 것을 알아챘다. 여기 있는 누구도 이 냄비에 대해 불만이 없었기 때문에 이렇게 나뒹굴고 있는 것이니까, 변화를 원하는 사람이 있다면 그 사람의 몫이 되는 것이다. 그 애벌레들을 만질 용기는 도저히 생기지 않았기 때문에 고무장갑을 끼고 비닐봉지에 넣어 다른 가게들과 함께 쓰는 공동 마당의 개수대로 가지고 갔다. 그렇지만 도저히 이 냄비에 무엇을 다시 끓여 먹을 자신이 없었다. 다행히 냄비는 버려졌다.

그 이후로도 설거지 연대기는 꽤 험난하게 펼쳐진다. 부엌과 보일러가 딸린 단칸방만 해도 삶의 형식을 꽤 번듯하게 이어 갈 수 있는 장소였다. 문제는 부엌도 없고, 화장실도 다른 집과 같이 써야 하는 집이다. 초등학교 6학년부터 중학교 1학년까지 살았던 집 역시 주인집에서 창고로 쓰던 건넛방으로 난방용 보일러도 없고, 부엌도 따로 없던 곳이었다.

방 안에 전기밥솥과 휴대용 버너 하나를 놓고 밥을 했다. 겨울이면 물을 끓여서 써야 했는데 그때마다 끓일 수는 없으므로 야외 마당에서 찬물로 설거지를 했다. 사극을 보다가 한겨울에 주인공이 개울물에 설거지를 하는 장면이 나오면 연기에 진정성이 없다고 생각한다. 예쁘게 호오- 하고 입김을 불어 해결되는 일이 아니기 때문이다.

우선 우아아아- 하고 소리를 지르며 손에 물을 담가야 하고, 정말 못 해 먹겠다며 몇 번이나 손을 뗐다 붙였다 하며 간신히 끝내야 한다. 주인집 할머니가 솥에서 가끔 뜨거운 물을 퍼다 주시면 정말 기뻤고, 가끔은 몰래 퍼다 썼고, 대부분은 그냥 찬물을 받아 설거지를 했다.

대체 이게 무슨 콩쥐 놀이란 말인가. 나를 도와줄 두꺼비와 참새도 없었지만, 다행히 가고 싶은 마을 잔치도 없는 무덤덤한 가난. 겨울에 설거지를 한다는 것은 정말 커다란 기합을 넣어야 할 수 있는 일이었다. 어른이 된 나의 기백은 어쩌면 겨울 설거지통 앞에서 만들어진 것일까?

지금은 물만 틀면 뜨거운 물이 콸콸 나오니 가뿐하고 기쁘게 설거지를 해야 마땅하지만 안타깝게도 기합을 넣어야만 할 수 있었던 일에 대한 인상은 쉽게 지워지지 않는다. 여전히 설거지가 하기 싫은 것을 보면 인간은 원래 손에 물 묻히기를 싫어하거나, 흔적만 남은 빈 밥그릇을 보면 신경질이 나는 종족일 수도 있다.

하지만 나는 점점 나아지고 있다. 휴일 아침에 일어나 좋아하는 음악을 틀고 자, 어디 한번 가볼까? 라는 결심으로 물을 한 번 뿌린다. 세제를 묻혀 보글보글 거품을 내서 거침없이 문지르고 안정적인 형태로 쌓아 둔다.

설거지 그릇을 쌓는 일은 작은 건축이다. 가장 큰 그릇을 먼저 씻은 후 작은 그릇을 씻어야 한다는 꼼꼼한 판단, 숟가락과 젓가락을 한 번에 모아 두어도 쓰러지지 않을 그릇을 선택하는 것, 가장 마지막에 씻어야 할 더러운 것을 가려내는 일 모두 한 번에 이루어져야 한다. 헹구는 과정이 남았으니 이제 절반을 왔을 뿐이지만 어쩐지 이 과정을 해낸 것만으로도 벌써 훌륭해진 기분이 든다.

김연아 선수는 발가락에 피가 나도록 연습을 해서 트리플 악셀에 도전했고, 임윤찬 피아니스트는 하루에 열 시간씩 지쳐 쓰러질 때까지 피아노를 연습하다가 정말 지칠 때는 잠깐 거실에 나와 열까지 세고 다시 들어가는 투혼을 발휘해서 전설의 음악가로 완성되었다.

하지만 나는 쌓여 있는 그릇에 세제를 묻히는 지점에 다다르는 것만으로도 의기양양해진다. 그래, 다 왔어. 조금만 더 가자. 할 수 있어, 라고 스스로를 격려하며 몸에 차오르는 열기를 느낀다. 효율이 높아서 나쁘지 않은 인생이다.

좋아하는 그릇을 몇 개 샀더니 씻을 때마다 감탄한다. 이가 빠진 것도 있지만 그래도 여전히 예쁘다고 생각한다. 마지막에 탈탈 손을 털어 빈 개수대를 바라볼 때, 오늘의 모든 일이 단정하게 펼쳐질 것만 같다. 이만하면 훌륭하게 잘살고 있다는 자신감이 솟아오른다.

나의 영역 안에서 조그맣게 움직이는 것만으로도 삶이 통제되는 기분을 만끽하는 순간이다. 역시 물소리는 빗소리와 닮았고, 옛사람 가라사대 물은 정화의 의미가 있고, 이 집의 안녕을 빌 수 있다.

맥시멀리스트의 서랍 정리

조금 특이하고 예쁜 양말을 무척 좋아한다. 오늘 가장 어울리는 양말을 골라 신는 순간, 조립식 로봇에 마지막 부품을 끼워 넣은 듯 뿌듯하다.

민들레 홀씨가 그려진 양말, 다람쥐와 도토리가 그려진 양말, 금실로 만들어진 양말, 이렇게 그럴듯한 양말들을 골라 신기 위해 서랍을 열면 이 귀한 것들을 대충 구겨 넣은 어지러운 모습이 보인다. 짝을 잃어버린 양말을 뭉쳐서 모아 놓은 것도 보인다. 우선 급하게 찾아 신고 서랍을 닫으면 모든 것이 그럴듯하게 가려지지만 뭔가 비밀을 감추는 느낌이 들어 찝찝하다. 바쁘면 바쁠수록, 마음이 어지러우면 어지러울수록 이런 찝찝함에 더욱 둔감해진다. 오히려 더 어지를 수도 있는 될 대로 되라 상태가 된다.

부직포 정리함을 몇 번이나 사용해 보았다. 그것은 시간이 지나면 칸과 칸 사이가 흐물흐물해지며 나중에는 그저 양말을 나란히 놓아 둘 뿐인 상태가 된다. 얼마 전 드디어 15칸을 쓸 수 있는 플라스틱 수납 상자를 샀다. 양말 정리를 제대로 마치고 처음 든 생각은 이제 양말을 더 살 수 있겠다는 안도감인데 과연 이게 맞는 것일까?

어렸을 때 아버지가 오래 집에 들어오지 않는 동안 그냥 아빠 말고 내가 이 집의 대장이 되기로 결심한 날이 있었다. 가장 먼저 했던 일이 엉망이었던 집을 정리하고, 물건들을 분류해 서랍에 넣어 두고, 서랍마다 이름표를 붙여 두는 것이었다.

양말은 양말대로, 윗옷은 윗옷대로, 있어야 할 것이 정해진 자리에 놓여 있는 것. 가족 모두가 지켜 줬으면 하는 약속이니까 잊지 않도록 글씨로 써서 붙여 두었다.

괜히 의젓한 마음이 들어 시계도 없는 어린 동생에게 밖에서 놀다가 늦지 말고 여섯 시까지는 들어와야 한다고 당부도 했다. 이 집의 대장으로서 당부를 지키지 못한 동생에게는 으름장을 놓으며 혼을 내줬다. 동생은 당연히 '네가 뭔데-'라고 외치며 엉엉 울었다. 이 집도 질서가 있는 번듯한 집이기를 바랐지만 얼마 못 가 서랍은 다시 엉망이 되었다. 정해진 자리에 있어야 할 아버지는 여전히 질서를 어기고 집에 잘 들어오지 않았다.

내가 가진 것 중에는 작은 것들이 너무 많아서 어른이 된 후에도 여전히 서랍은 어지러웠다. 마음과 집이 연결되어 있다는 것은 어렴풋이 알고 있었지만, 방향이 쌍방향이라는 것을 분명히 인식한 것은 얼마 되지 않았다. 마음이 산뜻하고 편안해져야 비로소 집이 깨끗해지는 줄 알고 사실 얼마간은 포기하고 있었다. 때가 되면 저절로 깨끗해질 날이 올 것이라고 믿었다.

그러다가 심각한 짝사랑에 빠졌던 시절에 뭐라도 하며 마음을 달래려고 서랍을 정리하기 시작했다. 보이지 않는 곳까지 깔끔하게 만들어 두는 일이 부끄러운 비밀이 많은 나에게 조금은 자신감을 줄 것만 같았다. 작은 머리핀, 코르사주, 해변에서 주운 돌, 도토리, 외국 동전, 작은 향수, 단추들, 야광눈, 종이비누. 이것들을 제자리에 놓고 싶어서 서랍들을 모두 꺼냈다.

제자리라는 것은 그것이 필요할 때 어디로 가야 할지 내가 알고 있다는 것을 말한다. 그렇지만 서랍만으로 뒤엉킨 것들을 모두 가지런히 할 수는 없었다. 그래도 모든 주머니와 바구니도 꺼내어 고민했다. 하나하나 만지작거렸다. 다시 무력함을 느꼈다. 도무지 분류되지 않아 어찌할 수가 없고 어디에 놓아야 할지 모르겠다는 것이 내 마음 같아서 조금 울었다. 그날 대부분의 수집품을 버렸다.

모아 왔던 많은 것을 버리며 몸이 가벼워지는 것을 느꼈다. 삶으로 다시 떠오를 수 있을 것 같았다. 살아가며 어느 순간에는 많은 것을 덜어 낼 필요가 있다는 것을 알았다. 버리는 것이 아니라 가뿐하게 덜어 내는 것. 추억이 담긴 물건들을 모두 가지고 있을 필요는 없다. 그 물건들이 없어도 내 마음에는 이미 충분히 옛날이 담겨 있고, 지나가는 노래에도, 누군가의 말에도 삶의 단서를 찾고 금세 옛날의 온기를 느낄 수 있다.

서랍 속의 물건이 놓여야 할 곳에 놓여 있으면 집을 신뢰할 수 있다. 내가 원하는 서랍을 향해 산뜻하고 자신 있게 움직일 수 있다. 하지만 안타깝게도 맥시멀리스트의 소중한 것들은 여전히 새로 태어나는 중이다. 집에는 그저 공기처럼 가벼운 기쁨을 주는 물건들의 대류 현상이 일어나는 중이지만 덜어 내는 기쁨을 자주 느낄 수 있으니 이것 또한 괜찮지 않을까?

청소기 명상법

'그 사람은 왜 그랬을까'로 시작해서 '나는 왜 이 모양일까'로 이어지는 대부분의 상념은 한잠 자고 일어나면 잦아든다.

인간은 잠을 자는 동안 스트레스로 분비되는 코르티솔 수치가 낮아진다고 한다. 문제는 자고 일어난 후에도 어제의 상황이 다시 이어지는 환경으로 돌아가야 할 때다. 코르티솔이 생산될 것이 뻔한 하루를 생각하면 한숨만 나온다. 아아, 이 먹구름은 농도가 너무 강해서 내 주변의 산소 포화도를 떨어트리는 것이 아닐까? 처진 눈꼬리를 더욱 처지게 하는 것이 아닐까? 몸도 욱신거리고 '힘들구나하-' 하는 이상한 인도풍의 노래를 지어 부르게 된다. 그건 그냥 네가 늙어서 그래, 라는 마음의 소리가 들려오지만 못 들은 척한다.

그런 날이 있다. 하지만 어쨌든 하루는 시작되었다. 그나마 시간이 지나 끝날 일이라면 지나가는 날들을 헤아리는 것만으로도 힘이 된다. 그렇지만 이렇게 생겨 먹은 나의 존재 자체에 대한 의문이나 미래에 대한 막연한 두려움이라면 어디 구석에 잘 숨겨 두고 시선을 돌리는 수밖에 없다. 자, 자, 그쪽이 아니야. 여기를 봐.

무언가 끊어 가는 계기가 필요할 때, 출발하는 기분을 느끼고 싶을 때, 청소기를 돌린다.

시원한 진동 소리와 함께 눈에 거슬렸던 고양이 스크래처 부스러기, 머리카락 싸움에서 한 번도 져본 일이 없는 나의 굵은 머리카락을 무찌르며 박력 있게 앞으로 나아간다.

청소기를 돌리는 동안에는 눈앞의 쓰레기만 찾아다닐 뿐 아무 생각도 하지 않는다. 들숨과 날숨을 인식하며 마음을 비우듯, 청소기를 미는 것 외에는 아무 생각이 없다. 이것은 바로 그 마음 챙김의 상태가 아니던가.

10분이면 완성되는 작은 시작, 전후가 단박에 달라지는 드라마틱한 효과, 바닥에 닿는 압력과 부와아앙 집 안을 가득 채우는 커다란 소리까지, 청소계의 록스타는 바로 청소기다. 청소가 끝난 후 깨끗한 바닥에 대자로 누우면 슬슬 다른 일을 시작할 힘이 솟는다.

하지만 이렇게 집안일을 대신 해주는 편리한 기계를 쓰면 운동량이 부족해진다. 기껏 힘들여 번 돈을 써서 기계를 구입하고 지구의 에너지를 낭비하며 체력을 아낀 덕분에 나는 무럭무럭 살이 찐다. 그렇게 쪄버린 살을 빼기 위해 다시 돈을 주고 헬스장에서 아무것도 생산하지 않는 운동 에너지를 써야 한다. 이중의 낭비다. 이런 논리적인 이유로 나는 헬스장에 가지 않고 비논리적으로 살이 찐다.

차라리 청소기 대신 빗자루를 쓰고, 정 살이 안 빠지면 연탄 나르는 봉사나 유기견 센터 청소 봉사에 체력을 쓰는 것이 지구를 위해 여러모로 이로운 것이 아닌가, 혹은 전국 헬스장의 자전거와 러닝 머신에 전기를 생산하는 장치를 설치하면 인간을 동력으로 하는 발전소가 되지 않을까?

이런 급진적인 생각을 하고 있다면 집에서 빗자루를 쓰고 손걸레질을 해야 마땅하겠지만, 그저 좀 게으르고 약간 비뚤어졌을 뿐인 나는 생각을 끝내고 청소기의 손맛을 신나게 느낀 후 공짜로 살을 빼보겠다며 유튜브의 숨바 댄스 영상을 열심히 따라 해본다.

다행히 청소기와 스팀 청소기를 돌리는 것만으로도 땀은 (약간) 흐른다. 땀이 (약간) 흐르는 일을 마치고 나면 내가 무언가 중요한 일을 해낸 것 같다. 언젠가 귀농인으로 당근밭에서 쟁기질하고 잡초 뽑는 날을 시작하지 않는 이상 나에게는 이것이 가장 힘을 쓰는 일이 될 것이다. 감사한 마음으로 일부러 더 힘주어 청소기를 돌리고 그래도 운동 에너지가 유용한 곳에 쓰였다며 혼자 뿌듯해한다. 이토록 작아빠진 인간이여.

조금 덜 먹고, 덜 사고, 더 움직이는 삶으로 향하는 것이 하릴없는 도시인의 허무를 다스리는 법이 아닐까 생각한다. 그러면 덜 벌어도 되기 때문이다. 덜 소비할 수만 있다면 하기 싫은 일은 줄이고, 가기 싫은 일터에도 안 가도 되고, 조금 허황된 꿈이 있어도 가난의 균형을 멋지게 유지하며 힘을 빼고 느릿느릿 전진할 수 있기 때문이다.

과연 나는 지금 그런 삶으로 향하고 있을까? 우선 오늘은 청소기를 돌리며, 다음 반성은 이다음에 하자.

고양이는 실례합니다

긴 여행을 마치고 돌아와 침대에 풀썩 누웠는데 이불에서 수상한 기운이 느껴진다. 흠칫 일어나 보니 레몬색으로 물든 넓은 대륙이 보였다.

우리 금동이, 멋지게 지도를 그려 두었구나. 내가 다녀온 나라보다 더 웅장한 나라를 만들어 두었구나. 이불을 털어 보니 까맣고 동그란 화산석들이 떨어진다. 이것 봐라, 이것은 이 땅의 광물들이 튀어나오는 마법의 양탄자로구나. 되게 음흉하게 생기고 냄새도 고약한 돌이네?

고양이 화장실 치우기는 내 담당인데 여행 가 있는 동안 동생이 잘 관리하지 못하면 이런 일이 벌어진다. 예전에는 고양이 가정교육을 한답시고 금동이를 긴급 체포한 후 이불의 오줌 냄새를 맡게 한 다음 무섭게 엄포를 놓았는데 이제는 그다지 놀라지도 않는다.

화장실 상태가 마음에 들지 않을 때 정말 어쩔 수 없이 내 이불에 싸는 것인지, 너도 어디 한번 똥 밭에 있는 비참한 기분을 느껴 봐라, 하고 알려 주려는 것인지. 뭐, 진실은 알 수 없지만, 금동이는 내 이불에 종종 실례를 한다.

'실례를 하다' 이 말이 분변 용어로 쓰이게 된 까닭은 무엇일까? 영어는 익스큐즈 미, 일본어로는 스미마셍, 불어로는 익스쿠제므와가 우리나라에서 대소변의 유의어로 쓰이게 된 이유는? 쓰는 사람에 따라 조금씩 다르겠지만 이 말은 응가 앞에 당당하고 천진한 동물이나 아기에게만 한정된 말인 듯하다. 어른은 아무리 급해도 그저 볼일을 보고 왔다고 한다. 어른이 되면 뭐든 일해야 했다고 해야 봐주나 보다.

동물들은 응가하는 순간을 부끄러워하지 않는다. 여러 사람의 눈앞에서도 버젓이 해치우고 사실 어떤 때에는 좀 자랑스러워하는 것처럼 보이기도 한다. 이러나저러나 나는 금동이를 미워할 수 없다. 귀엽기만 하다면 남의 이불 위에 똥을 싸도 '실례합니다' 정도의 사회생활만으로 용서가 되는 것일까? 이렇게 종종 당하면 여행에서 돌아와 침대에 눕기 전 의심을 할 법도 한데, 매번 너무 깨끗하게 용서한 나머지 모두 잊어버리고 늘 배짱 좋게 침대에 털썩 누워 버린다.

그로 인해 이 시트콤은 처음 겪는 일인 듯 반복된다. 조금 얄밉기는 하지만 사랑하면 무엇이든 이해해 주는 쪽으로 마음이 기운다. 다음에도 계속 용서해 줘야지, 어쩌겠나? 우리는 역시 잘 어울리는 콤비다.

고양이 모래는 변기에 바로 넣어서 버릴 수 있는 작은 입자의 두부 모래를 사용한다. 삽을 들고 푹 찔러 넣으면 단단하고 묵직한 덩어리가 나오는데 그 크기가 클수록 감탄하게 된다.

화장실의 정적 속, 신중하게 자리를 골라 사각사각 구덩이를 만들어 낸 후, 어딘가를 응시하며 자신의 물줄기 소리를 듣는 금동이의 고요한 시간과 연결되는 시간이다.

나는 미지의 두부모래 사막을 파 내려가는 고양이 고고학자의 마음으로 내 사랑하는 금동이의 흔적을 발굴해 낸다. 매일 아침 흰 눈을 밟듯 깨끗한 모래 위를 파헤칠 수 있도록 작은 덩어리라도 꼼꼼하게 건어 낸다. 누구나 하루에 한 번쯤은 백지에서 시작하고 싶을 테니까.

오키나와의 이시가키섬에서 다시 배를 타고 들어가야

하는 다케토미섬은 마을의 오솔길이 흰 모래로 단정하게 뒤덮여 있다. 마을 사람들은 아침에 일어나자마자 정성스럽게 같은 방향으로 모래를 빗질한다. 토속 신앙에 관련된 풍습이라고 한다. 이른 아침 선착장으로 가는 길에 한 마을 사람이 하얀 모랫길을 가지런히 고르는 것을 지켜보았다. 곧 관광객의 발걸음으로 엉망이 될 길을 매일 묵묵히 쓸어내리는 동안 그 사람은 무슨 생각을 할까?

잘 끝내야겠다는 생각 외에 딱히 아무 생각을 하지 않을 것이다. 커다란 빗자루를 양손으로 잡은 후 왼쪽에서 오른쪽으로 쓸어내리면 그 궤적을 따라 순식간에 길의 풍경이 변한다. 옷감을 짜는 영상을 넋 놓고 바라본 적이 있다. 단순한 작업을 따라 원하는 것이 만들어지기 시작하고 마침내 완성되는 기쁨. 아침마다 스스로가 만들어 낸 아름다운 길을 가장 먼저 보는 것은 자기 자신이다.

고양이 화장실 치우기에서 내가 가장 좋아하는 순간은 마지막에 가지런히 표면을 고르는 일이다. 생크림 케이크에서 크림을 정리하는 일만큼 재미있지만, 그보다는 힘이 덜 들어가는 일이다. 이 마지막 작업을 할 때 다케토미섬의 흰 모랫길이 자주 떠오른다. 그때 보았던 마을 사람의 정갈한 동작을 떠올리며 쭈그려 앉아서도 마음만은 함께 가지런해진다.

화장실 바닥에 금동이 발길질로 튀어나온 모래가 나뒹구는 것이 보이지만 못 본 체 무시하고 발바닥에 묻은 모래알을 털며 뿌듯한 마음으로 나온다. 그 정도는 나중에 정 못 견디겠을 때 치우면 된다. 금동이도 나를 닮았다면 그런 작은 더러움은 신경 쓰지 않겠지.

화장실로 입장하는 금동이의 기척이 느껴진다. 파바바박, 사각사각, 조르르. 우리 금동이, 참 건강하구나. 화장실 봤어? 언니가 멋지게 치워 줬지? 정말 잘했지?

아- 어째서 고양이는 칭찬을 못 할까?

어지러운 마음과
만능 보풀 제거기

꿈을 이루는 사람이 되기 위해 마음을 다해 살아가지만 어수룩하거나, 오만하거나, 섣부르거나, 얄팍하거나, 욕심이 많거나, 용기가 없거나, 우리가 가진 갖가지 연약함으로 늘 목적지와는 다른 곳에 도착해 버리고, 곧 혼돈에 휩싸인다. 하지만 불행으로 속이 너덜너덜할 때에도 우리는 제 몫을 다하며 산다. 몸을 씻고, 출근해서 빈칸을 채워 메일을 보내고, 사람들에게 친절하게 대하려 노력한다.

그러고는 혼자만의 시간이 돌아오면 젖은 모래처럼 무너진다. 눈을 감고 소용돌이 안에 누워 가장 소란스러운 침묵을 가만히 견딘다.

말과 말, 얼굴과 얼굴, 관계의 실선과 곡선들. 생각들이 포물선을 그리며 떨어지는 곳이 늘 양지바른 초원은 아니다. 진흙 속, 화산의 한가운데, 혹은 목이 좁다란 호리병 속에 갇혀 뱅글뱅글 맴도는 짐작과 불안을 바라본다. 그럴 때면 어쩐지 피부가 바싹 마르는 듯하다. 진창으로 흐르는 생각을 막도록 둑을 쌓아야 할까, 자꾸 안 좋은 쪽으로 연결되는 생각의 다리를 무너뜨리고, 계속 재생되는 오늘의 목소리들을 차단하고 싶다.

다행히 대부분 불안은 자고 일어나면 사라지지만 오후 4시쯤 시작되면 꼼짝없이 몇 시간은 눈을 질끈 감으며 그 물에 갇힌다. 이 괴로운 사람을 어떻게 하면 좋을까?

나의 경우에는 한동안 허우적대다가 어떻게든 멀찍이 거리를 두며 그 시간을 메마르게 한다. 펄떡거리는 불안을 밋밋하게 만들고, 지나온 정류장에 깜박 두고 오는 것을 택한다.

두고 오는 방법은 여러 가지가 있지만, 집을 위한 자잘한 생활에 정성을 쏟거나 마음에 걸렸던 불편을 해결하기 위해 멋진 아이디어를 내는 것이 꽤 효과가 있다. 그것이 불안으로부터 덤덤하게 도망치는 법이다.

- 층간 소음을 막기 위해 의자에 전용 양말을 사서 씌워 본다.

- 예쁘지 않은 물뿌리개를 좋아하는 디자인으로 바꿔 본다.
- 새로운 섬유 유연제로 옷을 세탁한 후 바싹 마르기를 기다렸다가 향기를 맡아 본다.
- 타공판과 자석을 사서 아끼는 사진이나 메모를 전시해 둔다.
- 이미 운명을 달리했으나 아쉬운 마음에 내버려 두었던 화분을 예의 있게 보내 준다.
- 옷걸이에 가득 겹쳐 있어 하나를 빼려면 모두 들어내야 했던 에코백들을 하나하나 반으로 접어 서랍에 정리해 둔다. 북앤드로 마무리하면 정리가 더 쉽다.
- 친구가 갑자기 방문해도 고양이가 쥐어뜯은 소파를 부끄러워하지 않도록 어울리는 소파 커버를 골라 본다.

정말 자잘한 일들이지만 찜찜했던 작은 일 하나를 해결하고 나면 이 구역의 만능맨은 역시 나라는 생각이 들어 뿌듯하다.

얼마 전에는 6중 칼날 구성에 섬유를 살짝 흡입해서 밀착도를 높이기까지 했다는 신형 보풀 제거기를 사서 동생이 겨우내 입고 다니는 더플코트를 손질해 보았다.

깨끗하게 변한 코트를 받아들고는 감탄하며 더욱더 질리게 입는 동생의 모습을 떠올리는 동안 멀리 표류하던 내가 다시 안전하게 부표에 가까워졌다는 것을 깨닫는다.

일상을 기분 좋게 유지하기 위해 잡다한 일에 정성을 들이는 시간에 어지러운 마음들은 그깟 볼펜 똥이 묻은 페이지가 되어 무표정하게 넘겨진다. 그러니까 평소에 홈쇼핑이나 인스타 광고에 홀딱 넘어가는 스스로를 너무 자책하지 말도록 하자.

집에서 만나는
작은 고요

무언가에 압도되는 순간, 나는 혼자 있고 싶다. 기이한 것을 보는 순간 혼자 있고 싶다. 아주 평화로운 순간, 혼자 있고 싶다.

침묵 속에 가만히 있고 싶을 때, 혼자가 되어 커다랗고 높은 산을 바라본다. 그럴 때 무언가 되고 싶다는 바람은 얼마나 번잡스럽고 무거운 일인지. 거대한 산을 바라보면 바라보는 것만으로도 나도 산과 이어진 산맥이 될 수 있다. 계곡을 지나 불어온 바람을 맞아 흔들리는 나무의 머리꼭지를 가만히 바라보는 것이 가장 중요한 일이 된다.

인도 북부 라다크의 '레'에서 7시간을 더 들어가면 히말라야산맥 아래의 판공초가 나온다. 바람이 불면 너울거리는 메밀밭과 작은 시냇물, 바위산으로 둘러싸인 커다란 호수에는 눈 덮인 히말라야가 비친다. 호수도, 산도 모두 커다란 물가에 앉아 자연을 마주하는 순간은 정말 고요하다. 그 고요가 성립될 수 있으려면 적어도 7시간 동안 차를 타고 달려도 그 고요가 끝나지 않을 것이라는 믿음이 있어야 한다. 그때 우리는 반드시 혼자여야 한다. 아니면 7시간을 달려온 고요가 모두 무용지물이 된다.

그것은 새로운 우주에 갓 도착한 느낌이다. 아무도 없는 행성을 발견하고 처음으로 발을 딛는 기분이다. 외떨어진 행성의 유일한 단독자라는 느낌. 아이러니하게도 그때가 바로 내가 지구와 연결된 참 지구인이라는 것을 느꼈던 순간이기도 하다.

집에서 그런 기분을 느끼는 것은 아무래도 어렵지만 작은 고요를 오롯이 아는 순간이 있다.

가령 손에 묻은 물기를 탈탈 털며 집안일을 모두 마친 봄의 늦은 오후, 마침 열어 둔 창문으로 바람이 불어와 커튼이 느리고 풍성하게 부풀어 오르다 천천히 가라앉는 순간. 길게 거실로 넘어오는 노을을 바라볼 때. 고양이도, 사람들도 잠든 새벽, 책상 위로 작은 스탠드 조명이 흰 노트 위를 비추고 있을 때. 미리 소식을 들은 것은 아니지만 그날따라 달이 이상할 정도로 크고 밝아서 멍하니 바라보는 시간. 집에서 만나는 고요한 위로가 있다.

혼자 차를 마시는 일은 우연이 겹치지 않아도 얻을 수 있는 고마운 시간이다. 벌꿀차를 마시며 커다란 창문으로 멍하니 바라볼 자연이 있다면 더 좋겠지만 그게 아니라면 좋아하는 그림으로 꾸며진 벽, 화병에 꽂힌 꽃 몇 송이도 좋다.

손바닥 가운데가 닿도록 따뜻한 찻잔을 감싸 쥔다. 온천에 들어간 듯 뜨끈한 기운이 몸 안쪽으로 퍼지고 어깨와 머리에 뭉쳤던 것들이 조금씩 빠져나가는 듯하다.

한 입 머금고 천천히 목 뒤로 넘긴 후에 안도의 한숨을 쉰다. 테이블 위에 가만히 올려진 찻잔 위로 피어오르는 아지랑이, 은은하게 빛나는 찻잔의 가장자리와 투명한 물빛을 아무런 생각 없이 바라본다.

조금 아쉽다면 찻잔을 한 번 더 채우고 그 시간을 다시 누릴 수도 있다. 하지만 처음의 그 마음은 아닐 테니 되도록 천천히, 조금씩 마신다. 히말라야가 동네 뒷산인 사람들이 보면 조금 짠하겠지만 말이다.

구질구질하게
빛나는 빈티지

아, 이럴 수가. 또 옷을 사고 말았다. 빈티지 옷가게만 보면 오늘 이곳에서 우연히 만날 나의 아름다운 보물은 과연 무엇일까, 하고 심장이 가벼워지며 이미 가게 안에 들어와 있다.

좌악 펼쳐진 색동옷의 축제에서 나의 단 하나뿐인 빈티지 옷을 발견했을 때의 기쁨은 정말 중독적이다. 너로구나, 이렇게 귀엽게 숨어 있었구나. 내가 이렇게 너를 찾았어. 그래서 우리가 드디어 만났어! 내적 댄스를 추며 가격을 물었을 때 3만 원이 넘으면 조금 아련한 기분이 되어 현실로 돌아온다. 3만 원이 넘어 버리다니, 충분히 신중해야 한다. 절약 정신이 투철해서가 아니라 보통 자주 사는 것이 아니기 때문이다.

집에 있는 비슷한 분위기의 옷은 없는가, 그것보다 이것을 더 좋아하게 될 것인가, 만일 정말 좋아하는 친구들이랑 삼청동 국립현대미술관에 가게 된다면 망설임 없이 선택할 만큼 독보적인가. 북페어에 참가하게 될 때, 중요한 북토크에 갈 때, 이 옷을 고르게 될 것인가?

어떻게 하면 이 옷을 사지 않을 수 있을지 오랜 시간 스스로를 집요하게 설득하지만 '안 입으면 플리마켓에서 팔면 되지 뭐.'라는 초간단한 알고리즘의 미끄럼틀을 타고 야호-하며 기쁘게 사 버린다.

나는 맥시멀리스트다. 다행히 취향이 한결같아 빈티지 옷에 꽂혀 있고 조금 싫증이 난 옷은 서점 구석의 북극 의 상실이나 플리마켓에서 판매도 해서 가산을 탕진하지 않는다.

진지하게 빈티지 옷가게를 차려 보는 것에 대해 자주 생각한다. 입는 순간보다 고르는 과정을 정말 즐거워하기 때문이다. 요즘 보기 힘든 오묘한 패턴과 디자인, 내가 알 수 없는 옛날의 이야기를 품었다는 신비로움, 오늘 우리가 여기서 만나지 않았다면 영원히 만날 수 없었을 것이라는 아련한 사연까지 품었다. 이 유일함을 사랑한다.

하지만 거슬러 올라가 생각하니 역시 구질구질한 역사가 있다. 중학교 2학년 소풍 전날이었다. 늘 교복만 입는 중학생에게 소풍이란 사복 패션을 선보이는 아주 중차대한 자리다. 하지만 답답하게도 주변에는 나에게만 심각한 이 안건을 이해해 줄 어른이 없었다.

대책을 생각하다 화려한 취향의 할머니 옷장에서 내가 입을 만한 옷들을 구하기로 했다. 단추선 주위로 짧은 러플이 달린 화이트 셔츠, 너무 추워 보이면 안 되니까 짙은 감색의 조끼를 덧입었다. 검정 비로드 끈을 셔츠 깃 사이로 한 번 묶으니 세계 명작 동화 삽화에서 보던 왕자님 스타일의 의상이 되었다.

할머니 옷장에는 공주님 옷도 있었지만, 다행히 나에게는 중학교 소풍에 할머니 풍의 공주님 옷을 입고 가지 않을 만한 사회성이 있었다. 그것이 내 눈에는 충분히 흡족했던, 할머니 옷장을 뒤져서 완성한 나의 첫 빈티지 패션이었다.

지금도 동생과 함께 TV를 보다가 주인공이 환골탈태하는 장면이 나오면 동생이 말한다. '어, 저기 너가 좋아하는 옷이다.' 물론 환골탈태하기 전의 할머니 패션이다. 내 눈에는 예쁘기만 한데 왜 저렇게 힘들여 바꿔 놓는지 이해가 안 된다.

내 옷의 80%는 중고 옷이다. 엉겁결에 제로 웨이스트 친환경 문화를 일찍이 실천해 온 사람이 되었다. 헌 옷에 대한 경계심을 허물어뜨리는 중요한 경험이 하나 더 있다.

당시에도 너무 비쌌던 교복을 미처 마련하지 못해서 중학교 입학식에 가지 못하게 되었다. 돌아보면 안쓰러운 사연이지만 나로서는 그냥 학교를 하루라도 안 가서 좋았다.

입학식 날 아버지 혼자 학교에 가서 사정을 말했더니 어느 졸업생이 물려준 교복을 받을 수 있었다. 우선은 아빠가 부끄러움을 느끼지는 않았을지 잠깐 걱정이 되었고, 기발한 방법이라고도 생각했다. 조금 컸지만 깨끗했고, 이렇게라도 문제가 해결되어서 다행이었다.

하지만 문제는 또 다른 문제를 부른다는 것이 문제 많은 사람의 비극이다. 입학식 하루를 안 갔을 뿐인데 반 아이들 사이에서는 내가 학교의 규칙을 무시하고 놀기 좋아하는 힘센 친구라는 오해가 만들어져 있었다. 키 순서로 이미 자리를 짝을 지어 놓아서 뒤늦게 간 나는 반에서 가장 키가 큰 아이와 맨 뒷자리에 앉게 되었다.

정말로 학교의 규칙을 무시하고 노는 것을 좋아하는 힘

센 친구였던 짝꿍은 마음이 통하는 동지를 만난 것을 기뻐하며 다정하게 말을 걸었다. 같은 반에 앉아 있던 일 년 꿇은 선배를 손가락으로 가리키며 자기네 모임에 들어오라고 했다. 그리고 학교가 끝나면 그 언니에게 줘야 하니까 500원만 빌려 달라고.

그날은 반장 선거를 치르는 날이었는데 참가자의 의사와 상관없이 입학성적순으로 1등부터 10등을 부르면 자동으로 입후보가 되는 참신한 시스템이었다. 정말 싫은 사람만 야단스럽게 손을 들어 포기할 수 있었다. 내 이름이 칠판에 적히자 친구는 배신감을 느꼈는지 더 말을 걸지 않았다. 어쩐지 빌려준 500원을 받지 못할 것 같은 느낌이 들었다.

학교가 끝나고 교문 앞에는 과연 강해 보이는 사람들이 문방구 앞에 모여 있었다. 친구에게 아까 빌려준 돈을 달라고 하자 옆에 있는 언니를 흘끔거렸다. 언니에게 직접 빌린 돈을 돌려 달라고 했더니 뜻밖에도 친구 한 번, 나 한 번 보고 피식 웃으며 순순히 돌려주었다.

아니, 혹시 내가 교복도 물려 입는 가난한 집 아이라는 것을 알아차렸나? 순간 흠칫했지만, 나의 반사신경은 언니 앞에서 최대한 안쓰럽게 눈을 글썽거릴 것을 지시했다.

돌아서서 가는 동안 혹시 나를 다시 불러 세우지 않을까 무서웠지만, 꽤 진정성 있게 글썽거렸는지 그대로 보내 주었다.

물론 그런 것을 알아차렸을 리가 없지만, 중고 교복을 입고 있는 것이 의식되었던 열네 살 소녀에게 일 년 끓은 열다섯 살 언니란 세상의 모든 것을 이미 알고 있는 찌든 사람으로 느껴졌다.

중고 옷의 순기능을 경험한 후 경계심이 완전히 사라졌다. 이후로도 중고 옷가게에서 옷을 골라 입는다. 자본주의 시대에 저렴하게 옷을 입을 수 있다는 궁여지책의 마음만은 아니다.

이토록 별 볼 일 없는 칙칙하고 시시한 옷들 가운데에서 빛나는 단 하나의 옷을 발견한다는, 어쩌면 창작의 순간과 닮아 있는 그런 순수한 기쁨을 느끼기 때문이다. 동묘시장에서, 남대문 광장시장에서, 일본의 만다라케 중고 매장에서, 유럽의 세컨핸즈샵에서, 중고 옷 무더기가 쌓여 있는 곳이라면 반색하며 달려간다.

그곳은 탐험을 기다리는 유혹적인 신대륙과 같다. 월척을 낚는 아저씨들이 손맛을 잊지 못하고 다시 바다로 향하는 것을 충분히 이해한다. 새 옷도 하루만 입으면 헌 옷인데 왜 헌 옷을 싫어하는지 모르겠다. 다른 사람의 헌 옷이나 내가 입던 헌 옷이나 깨끗하게 세탁하면 다 똑같은 옷이라고 생각한다.

우리 집에는 세상에 유일한 나의 빈티지 원피스들이 좌라락 걸려 있다. 누군가 그 옷들을 입으면 산신령 같다고 해서 조금 마음에 걸리지만, 상관없다. 옷방은 공들인 컬렉션이 담긴 미술관, 다만 이 미술관을 어떻게 아름답게 정리해야 하는지가 참으로 커다란 문제다.

그렇지만 늘 그렇듯 정리는 다음 이 시간에.

식물 파괴범의 다짐

책방에 남아 있는 초록 생명체들을 볼 때마다 식물과 나를 동시에 대견해한다. 성인이 되어 독립을 하고 나서는 나름 평범한 집을 흉내 내보려고 애를 썼지만 한창 멘탈이 자주 무너졌던 20대에는 조금만 속상한 일이 있어도 어릴 때로 다시 돌아간 듯 집이 엉망이 되었다.

냉장고를 열면 언제나 구수한 보리차가 있는 깨끗한 집을 늘 유지한다는 것은 지금도 아슬아슬한 일이어서 늘 굳은 결심을 되새기며, 때로는 조금 놓아 버리며 적당히 살고 있다.

식물을 잘 키우는 사람은 차분하고 건강해 보이니까 나도 식물을 잘 키워 보자, 라는 쉬운 다짐과 달리 내가 키우는 식물들은 이상하게 반점이 나거나, 픽픽 쓰러지거나, 하루아침에 잎이 와르르 무너졌다. 아직 많은 것을 규칙적으로 돌보기에는 모자란 사람인 것 같다. 식물 파괴범의 지난 과오를 고백해 본다.

벤자민

첫 번째 식물은 벤자민. 오래 짝사랑했던 사람에게 고백을 받고 너무 기쁜 마음으로 집에 돌아가던 중 용달차에서 팔던 어린 벤자민 나무를 샀다. 좋아하는 사람의 분위기와 닮았다는 이유로 기분 좋은 연애의 시작을 자축하며 샀지만 오자마자 잎이 조금씩 떨어지기 시작, 초조한 마음에 물을 더 열심히 주었으나 한 달도 되지 않아 마른 가지만 남아서 이 연애의 불행을 미리 예견해 주었다.

아이비 수경 재배

물을 제때 주지 못하니까 아예 물에 담가 버리자, 라는 생각으로 힘들게 흙을 떼고 뿌리를 씻어 비싼 유리병에서 키우기 시작했다. 뿌리에 녹조가 달라붙을 때까지 생존

했기 때문에 우쭐거리며 안심했으나 곧 이파리가 갈색으로 변해 갔다. 수상해서 물의 냄새를 맡아 보니 시궁창 냄새가 났다. 수경 재배에 대한 지식이 전혀 없어 물을 자주 갈아 주지 못했기 때문이었다. 아뿔싸, 하고 잘못을 알아차리자마자 안녕을 고했다.

비싼 선인장

당시 떠오르는 명소였던 부암동에 처음 갔을 때, 동네의 분위기에 취해 비싸게 구입한 청순한 모양의 선인장. 이번에는 꽤나 꼼꼼하게 키우는 법을 물어본 후, 그에 따르며 노력을 했다. 처음에는 한쪽 팔을 든 청순한 자태였는데 곧 다른 팔이 뻗어 나오더니 팔에서 또 팔이 나오고, 앞으로 몸을 기울이며 상당히 위협적인 모습이 되었다. 머리라고 생각되는 부분부터 쭈그러들다가 명을 다했다.

알로카시아

꽃을 피울 때까지 자라나며 꽤 오랫동안 함께했다. 이파리가 쓰러지면 다른 이파리가 돋아나 물건에 쓸데없는 감정이입을 많이 하는 나에게도 재생의 에너지를 전해 주었다. 중간의 줄기가 핼쑥해진 것을 늦게 발견해서 싱싱한 부분만 잘라 물에 꽂았더니 새로운 뿌리가 돋아났다. 식물을 키우며 가장 큰 환희를 느낄 수 있었으나, 이 아름다운 생명체의 마지막 장면은 이사 도중 줄기가 부러진 모습이었다.

예전보다 훨씬 나아지기는 했지만 나에게 무언가를 잘 길러 내는 감각이 뿌리내렸는지는 아직도 잘 모르겠다. 함께하는 식물들이 상태가 좋지 않거나, 가끔은 이유를 모르게 죽어 가기 때문이다. 작은 풀잎부터 커다란 나무까지 모두 예뻐하고, 식물을 잘 키우는 사람을 정말 존경한다. 유심히 지켜보고, 하나하나의 다름을 섬세하게 살필 만큼 식물을 사랑하는 일은 정말 대단하기 때문이다. 우리 집 식물들이 무병장수하지 못하는 까닭은 내가 여전히 사랑하는 대상이 원하는 방식으로 사랑을 내어 주는 일에 서툴기 때문일까?

그렇지만 식물들은 자신의 생명을 책임질 만큼 든든히 사랑하지도 못하는 이런 사람 곁에 꽤 오래, 은은하게 머물러 주었다. 이파리가 하나 남았던 떡갈나무는 봄이 되자 다른 잎들을 조심스레 틔웠다. 모든 잎이 시무룩하게 내려가 있어 아마도 죽은 줄 알았던 비파나무는 물을 듬뿍 주자마자 반색하며 싱싱해졌다.

내 곁에 아직 남은 식물들을 되새겨 본다. 서점의 극락조와 알로카시아, 홍콩야자, 집에 있는 보스턴 고사리, 폴리시아스, 떡갈나무, 박쥐란, 페페, 이런 식물 파괴범 주제에 더 많은 식물과 함께 있고 싶은 마음을 거둘 수가 없다. 어쩌면 나 같은 사람은 자꾸만 더 풍성하게 채우고 싶은 마음을 참는 것이 초록 친구들에 대한 나름의 사랑법일 수도 있겠다. 푸르른 숲속으로 들어가 자연인이 되어 계절에 따라 저절로 피고 지는 식물들이나 구경하며 사는 것이 지구에 이로운 일일 수도 있다. 하지만 조금 더 노력해 보고 싶다. 나의 사랑이 부지런한 보살핌까지 이어지도록 우선 자주 들여다보는 것부터 시작하고 싶다.

여름의
집

여름 내내 고마웠던 음식, 수박.

씨를 뺀 수박을 믹서에 갈아 수박 주스를 마시고 냉장고에 얼려 둔 후, 문득 생각날 때 수박 빙수로 만들어 먹는다. 사우나 같은 여름 퇴근길을 지나 찬물에 샤워를 해도 쉽게 더위가 가시지 않더라도 얼린 수박은 순식간에 뒤통수까지 짜릿하게 만들어 준다.

본격적으로 그릇을 잡고 숟가락으로 힘을 주어 사각사각 갈면 빙수가 만들어진다. 한 입 베어 물면 부드럽고 달큰한 맛이 입천장에 퍼지고, 머릿속이 뽀얗게 아득해진다. 이걸 먹으며 좋아하는 영화를 보는 것이 여름의 큰 낙이다.

예전에 아이들과 함께 좋아하는 단어를 찾아 '기분이

좋아지는 단어장'을 만드는 활동을 했었다. 나도 가끔 함께 기록했는데, 나중에 모아 놓은 단어들을 보니 여름의 낱말들이 많았다.

선명하다	모습이나 기억이 뚜렷하다.
열대우림	비가 많이 오는 열대 지방에 있는 숲
파인애플	열매를 먹으려고 더운 지방에서 심어 가꾸는 늘 푸른 풀
파르무레하다	파란빛이 조금 있다.
푸들쩍	물고기가 힘차게 꼬리를 치거나 몸을 굽혔다가 펴는 모양
푸르싱싱	푸르고 싱싱한 모양
칠흑	옻처럼 윤이 나고 새까만 것
드리우다	빛, 어둠, 그늘, 그림자 따위가 깃들거나 뒤덮이다.

위의 단어들로 여름 글짓기를 해보자면,

'선명한 열대우림 속으로 걸어갔다. 숲의 검은 그림자 사이로 드리우는 여름의 빛. 푸르싱싱한 넓은 잎들이 몸을 활짝 펴고 바람에 흔들린다.

달콤한 냄새를 따라 파인애플을 발견하고 쪼개어 보니 아직은 속이 파르무레하다. 호수에 앉아 푸들쩍 뛰어올랐다가 첨벙 가라앉는 물고기를 바라본다. 붉은 흙길을 따라 집에 돌아가니 곧 칠흑처럼 어두워지는 하늘. 여름 저녁의 바람을 맞으며 오늘은 많은 별을 볼 수 있기를 기대한다.'

하지만 인천 부평의 우리 집은 열대우림과 약 3500km 정도 떨어져 있고 파인애플은 노랗게 자른 것으로 마트에서 저녁 세일할 때만 가끔 살 수 있다. 식탁 위에 올려 둔 나의 새로운 모자를 발견한 김금동이가 잔뜩 경계하다가 한 대 펀치를 날리고 나서 푸들쩍 뛰어오르고는 한다.

집에서 멍하니 일어나다 테이블에 무릎을 부딪치며 생긴 파르무레한 멍을 볼 때마다 스스로 조금 한심하다. 가끔은 아무런 사건도 없는데 침대에 누워 내 앞날이 칠흑 같으면 어쩌나 괜한 걱정을 하고, 눈 밑에 그늘이 드리운다. 앞으로 더 늙어 갈 날이 선명한 것이다. 아직 덜 익어서 푸르싱싱한 파김치를 먹는 것으로 시름을 잊는다.

안타깝게도 내 일상에서 좋아하는 여름 낱말을 아름답게 써주기는 어려울 것 같다. 그래서 나는 가장 멋진 여름을 사기 위해 일한다.

매년 제주의 곶자왈에 가서 수백 장의 사진을 찍었다. 8월의 홋카이도는 늘 산뜻한 초여름 날씨다. '시레토코'라는 동쪽 끝의 원시림에 도착하면 사슴과 여우와 불곰을 만날 수 있고, 조금 먼 바다에서는 고래도 볼 수 있다.

베트남의 산간지방 사파에는 선선한 바람을 따라 나비가 날아다닌다. 지중해에서 치맛자락을 휘날리며 까맣게 그을린 얼굴로 동네 사람들에게 인사를 하는 건강한 여자를 보았다.

이탈리아 남부의 포지타노, 아무렇게나 자라난 커다란 나무에서 머리통만 한 레몬을 따서 슬러시 장사를 하는 여자의 싱그러운 표정을 기억한다. 그 모든 멋진 여름들을 쫓아다니는 것이 기쁘다.

초여름에는 집 근처의 굴포천을 종종 산책한다. 좋아하는 빵 세 종류를 모두 품에 안고 천천히 걸어오는 길에 청둥오리와 백로와 삼색 고양이, 그리고 강아지와 사이좋게 산책하는 사람들을 본다. 상수리 열매는 아무리 자주 주워도 새로워서 손바닥에 올려서 한참 바라본다. 여름의 모든 자연이 늘 새롭고 벅차다.

여름에는 집의 심심함에도 운치가 있다. 집 안의 온갖 이불을 새로 빨아 널고 깨끗한 냄새를 맡는다. 유리컵에 쨍그랑 얼음을 떨어뜨리고 껍질을 벗겨 설탕에 재워 놓은 방울토마토와 탄산수를 넣어 마실 수 있다. 느른하게 누워 만화책을 펼치고 한입 들이켜면 부르르 온몸의 모공이 만족스럽게 채워진다.

푸르른 것, 초여름의 나뭇잎을 가만히 만져 보는 것, 여기 힘껏 살아 있다는 것. 언젠가의 여름날처럼 가진 인생을 거침없이 쓰는 감각을 익히고 있다.

스스로가 나약하게 느껴졌던 시절, 나는 막연하고 모호한 두려움을 갖고 있었다. 그럴 때면 역기를 들어 올리는 상상을 하며 마음을 들어 올렸다. 나이가 들어 죽음에 좀 더 가까워졌기 때문일까? 여전히 나의 나약함을 알고 있지만, 지금은 어떤 문장을 믿게 되었다.

그러므로 우리는 아름다운 나날을
풍요로운 어휘와 찬란한 기억 속에 저장해 두었다가
어느 날엔가 텅 비고 허무한 바깥세상의 들판과 하늘에
화사한 꽃과 별들을,
아름다운 날에 그랬던 것처럼
뿌려 주어야 하는 것이다.

「불안의 서」 중에서, 페르난도 페소아.

겨울의 집

드디어 눈이 왔다. 함박눈 첫눈 위원회 회장으로서 오늘 본 것은 첫눈이 아니라고 생각하고 싶지만, 함께 흐르던 노래가 너무 잘 어울려서 그만 첫눈인 것처럼 기뻐해 버렸다. 아뿔싸. 다시 중심을 잡고 말하자면, 자고로 눈이란, 입으로 불었을 때 다시 위로 올라갈 정도의 부피와 질감을 가져야 합니다. 에헴.

새벽에는 첫눈이 온다는 소식을 듣고 선잠을 잤다. 친구들과 함께 봉숭아 물을 들인 까닭에 유난히 그렇다. 엄지 끝에 살짝 남아 있는 다홍빛. 첫눈과 봉숭아는 아무런 상관이 없을 텐데. 기다리는 것이 서서히 밝아오며 눈앞에 나타났을 때의 환한 기쁨을 아는 사람이 공연히 그런 이야기를 지어냈을 것이다.

멋진 일이다. 차곡차곡 기다릴 것을 쌓아 두는 것은 좋은 풍류니까. 우리 집만의 절기를 만들어 두고 싶다. 계절의 가장 아름다운 순간을 잘 기억하기 위해 소박한 의식을 지어 치르고 싶다.

개나리꽃을 처음 본 날에는 노란 버터 팝콘을 튀겨서 「4월 이야기」 같은 영화를 볼 수 있다.

매미 소리를 처음 들은 날 녹음을 해두었다가 10년 치를 한 번에 모아 들으면 눈물이 날지도 모른다.

늘 걷던 길의 은행나무가 전부 노랗게 변하면 낙엽 하나를 책에 끼워 두는 것도 어렵지 않다.

첫눈이 오는 날에는 작은 유리병에 눈이 녹은 물을 간직할 수도 있고, 첫눈 기념 음식을 먹을 수도 있다.

스무 살, 독립한 집에 멀리 놀러 온 친구와 함께 눈사람을 만들다가 이것이 문득 구름이라는 것을 깨달았다. 역시 스무 살이 되니까 이렇게 세상을 알게 되는구나. 눈사람은 구름으로 만든 사람이었다. 어릴 때 늘 구름을 만져 보고 싶었는데. 땅으로 내려와 하얗게 쌓여 있는 구름이 바로 눈이었다니. 땅에 내린 희고 찬 구름이 쌓인 조용한 벌판. 어쩐지, 그래서 눈 위를 걸으면 구름 위를 걷는 기분이었어.

냉장고를 열어 보니 곧 유통기한이 다 되어 가는 오뎅과 오래되어 쭈글쭈글해진 무가 보였다. 첫눈이 온 기념으로 오뎅탕을 끓여 먹었다. 그것밖에 없어서 선택한 것이지만 동그란 무는 어린애가 그린 눈송이처럼 보이니까 첫눈 음식이라고 흡족해한다. 오뎅탕 같은 것에 멋을 부리겠다고 무를 돌려 깎는 데 심취해서 그만 서점에 지각을 하고 말았다.

사실은 여전히 겨울과는 어색한 사이이다. 나는 자잘한 야망과 사소한 욕망을 연료로 나아가는 작은 증기 기관차 같은 사람인데 겨울이 되면 하고 싶은 것도 보고 싶은 것도 별로 없어 운행이 어려워진다. 다가오는 새로운 해에 과연 여전히 서점을 이어 갈 수 있을지 불안해진다. 외출하기 전에는 추위에 겁이 나서 잔뜩 껴입는 것이 귀찮다.

일 년 중 가장 긴 겨울을 도무지 좋아할 수 없다는 것이 분하고 억울해서 얼마나 많은 노력을 했던가. 그러다가 결국 겨울의 한가운데가 되면 남쪽의 다른 나라로 도주해서 두꺼운 겨울옷을 벗어 버린다.

그런 나에게 겨울로부터 편지가 도착했다.

'나는 겨울이야. 눈 내리는 산속의 노천 온천, 눈사람과 썰매, 군고구마, 함박눈, 따뜻한 수프, 막 끓인 연한 빛의 차를 마시는 것, 뜨거운 팥죽과 차가운 수정과를 번갈아 먹는 것, 정월 대보름, 손모아 장갑, 갓 도착해서 차가운 연인을 꽉 안아 주는 것.

걸음을 재촉해 집에 도착했을 때의 온기, 어지러운 머릿속이 시원해지는 차가운 공기, 젖은 머리카락이 딱딱하게 얼어 버리는 재미, 크리스마스와 친구들, 아무도 찾지 않는 서점의 고요함, 노을이 지는 평원의 억새, 그 위를 날아가는 기러기 떼, 할 일이 없는 겨울 오후에 듣는 라디오. 고요함, 그리고 다시 고요함. 봄과 여름과 가을을 상상하며 하고 싶은 일을 꿈꾸는 것.'

나는 아직은 멜로디가 없는 노래를 만들어 겨울에게 답장을 쓴다.

Winter folk song

이제는 찬 마당에 모닥불을 지펴야 할 때
작은 방에 홀로 촛불을 켜야 할 때
뜨거운 보리차를 데우고
소박한 잠자리에 지친 몸을 뉘어야 할 때.

찬란한 여름도, 서러운 가을도 지나
초록은 모두 잠들었구나
추위에 숨죽이는 여린 생명들
작은 벌레의 마지막 날갯짓
그 위로 가만히 덮이는 눈송이

얼어붙은 푸른 달빛, 귀를 기울이면
새벽을 뚫고 들려오는 소리
높은 결심을 비우고 깊은 곳을 보라고

잎이 없는 숲의 푸르름을 기다리지 않고
마른 가지 그대로의 생명
그 긴 잠을 지켜보아야 할 때.

겨울밤이 되었다. 사이먼 앤 가펑클이나 그 누구의 겨울 포크송을 틀어 놓고 책 속의 중얼거림을 읽는 게 큰 즐거움이다.

행복감에 발가락 끝이 저릿할 때가 있다. 뜨끈한 물로 몸을 좀 더 정성 들여 씻는 사소한 일들이 겨울의 하루를 찬찬히 좋아할 수 있게 해주는 방법이 된다.

스스로를 위해 향초를 피운다거나 창문을 열어 알싸한 공기를 코끝에 느끼는 것. 담요에 누운 고양이에게서 사랑받는 것. 눈이 푹푹 나리면 그걸 우스워하는 친구 앞에 서라도 '나와 나타샤와 흰 당나귀'를 낭송하고, 우리 동네에서 들려오는 개 짖는 소리와 방 안에 흐르는 음악의 기막힌 싱크로율에 흐뭇해하고 나면, 손이 노래지도록 귤을 까먹으며 따뜻한 방바닥에 엎드려 만화책도 보고 식혜도 먹고 하면, 드디어 봄이 오는 거다.

라디오 천국

하늘이 이렇게 맑은데 어째서 저녁엔 비가 온다는 것일까, 바람이 이렇게 부드러운데 밤이 되면 어째서 무서운 소리가 들리는 걸까, 그 많은 먹구름은 어디에 숨어 있다가 이렇게 하늘을 뒤덮는지, 저 산 위에 걸린 멋진 흰 구름도 이곳에 도착해서는 비가 되어 버리는 시절이 있다.

그걸 막을 순 없어. 가고 오는 모든 흘러가는 것들. 하지만 먹구름 없이 늘 화창하고만 싶다. 불행을 피하고 행복에 가까워지는 것에 집착할수록 필연적인 절망에 상처받기 쉬운 상태가 된다는 말에 귀 기울일 때도 있다.

하지만 보통은 내가 도달하기 벅차게 멋져 보이는 것들을 마주칠 때마다 시무룩해지고, 조금 무리를 해서 새로운 다짐을 하기도 한다. 가장 산뜻한 방법은 그저 조금은 부족한 내 모습에 '이게 나인 걸 어쩌겠어. 하하' 하고 웃어넘기는 것이다. 더 높은 깨달음 없이 그저 행복에 머물고 싶은 보통 사람들의 여린 마음. 나도 그 속에 있다.

집에 좋아하는 아이스크림을 사두는 것만으로도 발걸음이 퍽 들뜨는, 곧 따스해진다는 소식에 친구들과 함께 하릴없이 돌아다닐 약속을 정하고 나면 오늘 하루의 작은 불행쯤은 씨익 웃으며 지나칠 수 있다.

충분히 좋은 사람이 되지 못한 채 헤매다가도 용기 내서 더 다정한 인사를 건네는 날들이 이어지기를 바란다. 친구에게 샘이 나면 마음껏 부럽다고 말해 주고, 가족이 얄미운 짓을 하면 유치하게 싸우기도 하고, 그러다가 문득 고마운 일이 생기면 반성하는 눈물겹도록 평범한 일상.

그런 우리의 이야기가 가장 사랑스러워지는 장소가 있다.

바로 라디오 속이다. 비디오 킬 더 라디오 스타의 세상에서 라디오 스타가 서서히 줄어들더라도 상관없다. 스타가 아닌 사람들이 지나가며 조금씩 속말을 털어놓는 것만으로도 충분한 곳이 라디오 월드이기 때문이다.

이른 아침에는 활기찰 것, 늦은 오전에는 보드라울 것, 정오가 지나면 힘을 낼 것, 밤이 찾아오면 부끄러운 이야기라도 누군가에게 다정하게 털어놓을 것, 새벽이 오면 고요한 세상을 충분히 음미하고 누군가의 혼잣말을 들을 것. 나름의 법칙이 있다.

라디오 속에는 해와 달의 움직임에 따라 리듬을 달리하는 세상의 목소리가 해가 지도록, 달이 지도록 흐른다. 생각이 너무 많아져서 발이 붕 뜬 채로 자꾸 어두운 곳으로 향하려 할 때는 라디오를 켠다.

엄마들이 냉동실에 비상금을 숨겨 놓는 버릇에 대한 이야기가 흘러나온다. 버튼 하나를 누르면 언제라도 만날 수 있는 사람들의 귀여운 삶. 그 위에 마음을 실으면 어수선하게 붕 뜬 마음이 푹신한 땅으로 안전하게 착륙한다. 그게 구원이 될 때가 있다.

밖에 비가 오면 집에만 머무르는 날에도 뭔가 특별한 일을 하는 것 같다. 오랫동안 읽지 않았던 무거운 소설의 제목을 훑어보는 것, 보고 싶은 영화 목록을 떠올려 보는 것, 미래의 계획들을 한 겹 한 겹 쌓아 올리는 것. 빗소리는 배경음악 같고 별것 아닌 일이 꽤 멋지게 느껴지는 것이다.

라디오를 가장 듣기 좋은 날은 그렇게 비가 오는 어둑한 한낮이다. 사람들의 평범하고 고즈넉한 사연을 들으면 외부의 스산함 속에 하나, 둘, 불이 켜진다. 모닥불 곁에서 젖은 것들이 마르는 시간이다.

인생에서 누군가의 말이 가장 절실했을 시절에 신해철의 고스트 스테이션, 유희열의 라디오 천국, 전영혁의 음악 세계를 들었다. 벼르다가 마침내 가본 멋진 동네에서 노을이 질 때까지 산책을 하고 돌아오는 자동차 안, 배철수의 음악캠프 오프닝 음악이 들려오면 앞으로도 이렇게 세상이 쭉 무사할 것만 같은 안도감이 든다.

이놈의 세상에서 노력하고 노력하고 노력해도 만족할 수 없다는 가사와 달리 노을이 질 때까지 한껏 놀 수 있었던 오늘에 감사하고 감사하고 감사하게 만드는 노래다.

사랑했던 모든 라디오의 오프닝 시그널을 듣는 것만으로도 순식간에 고맙고 반가워진다. 세상 어느 한구석에는 나와 같이 만화책 『H2』와 『이나중 탁구부』 『멋지다 마사루』를 좋아하는 사람들이 있다는 것을 확인해 주어서 덜 외로웠고, 부에나비스타 소셜 클럽, 엘리엇 스미스, 시규어 로스, 루시드 폴과 잔나비의 음악이 흘러나올 때마다 내내 커다란 선물의 포장지를 뜯는 기분이었다.

시골로 여행을 갔을 때, 저녁밥 짓는 냄새와 밭에서 볏짚 태우는 냄새로 가득한 시골 마당의 마루에 누워 배미향의 저녁 스케치를 들었다. 백열등 아래에서 차분한 목소리와 올드 팝송을 들으며 그동안 좋고 힘들었던 모든 옛날을 지나 이곳에 있는 지금이 참 아늑하게 느껴졌다. 종종 주파수를 맞추어 그 목소리를 들으면 그때의 시골 냄새와 불빛이 재생된다.

온통 피부에 와닿고 근접한 이야기로 가득한 라디오에는 역설적으로 나 자신을 높은 고도로 작게 바라볼 수 있게 해주는 힘이 있다.

야간 비행을 하며 구름을 제외하고 마주하는 달과 별에 넋을 잃었다가 문득 땅을 내려다보면 까맣고 초록인 것들이 자연이고 반짝이는 빛줄기는 인간이 사는 곳이었다. 그 안에 있을 각자의 인생을 그려 보았지만, 너무도 많아서 쉽게 상상되지 않았다.

나의 구구절절한 사연도 그곳으로 내려가 그저 인간에게 있을 법한, 그러려니 한 이야기로 하늘 아래 지나가고 있었다. 라디오의 수많은 사연을 들으며 나의 사연도 그 안에 묻어 버리고 조금은 높아진 마음으로 고개를 끄덕일 수 있었다.

영화 「그래비티」에서 산드라 블록은 검은 우주에 홀로 살아남았다. 압도적인 무. 영원히 이어질 것만 같은 고독

속에서 그리운 것들을 만날 수 있는 희망은 전혀 없다. 그때 우연히 전파가 이어져 극지방에 있는 한 이누이트 가족의 목소리를 듣게 된다. 그의 이름은 아닌강이다. 아닌강은 방금 아이가 태어났다는 기쁨을 그녀에게 전한다.

그것은 우주에 외떨어진 한 사람을 위한 라디오였다. 아이의 목소리와 기뻐하는 아닌강의 목소리가 그녀에게 닿으며 삶이 그곳에 진짜 있는 것임을, 모든 순간이 깊고 찬란한 것임을 뼈저리게 느낄 수 있게 해주었다. 그 영화를 본 이후로 나는 사람들의 평범한 삶이 담긴 라디오의 목소리를 귀하게 듣는 마음이 생겼다. 이어서 삶에서 만나는 진짜 사람들의 목소리도 다시 없을 라디오의 사연처럼 듣게 되었다.

언젠가 동행과 함께 제주도를 여행하다가 나는 아무 동네도 아닌 동네도 좋아, 라고 호기롭게 선언한 후 내키는 대로 골목을 잠시 혼자 걸었던 적이 있다. 조금이라도 마음을 끄는 것이 있으면 한참 들여다보고, 가려진 모퉁이에 무엇이 있을지 기대하며 무릎을 높이 올려 걸었다.

구름처럼 뭉게뭉게 솟은 커다란 나무들, 편지가 오거나 말거나 비뚤어진 우편함, 조그만 모닥불처럼 활활 꽃을 피워 올린 어린 맨드라미, 책 무더기를 닮은 나무판자, 곱슬머리 흰 꽃, 근무 태만의 비뚤어진 허수아비.

그러다가 아무 동네도 아닌 동네의 아무 사람도 아닌 사람은 멈추어서 특별한 순간을 맞게 되었다.

작은 집 창가에서 들려오는 누군가의 우는 소리가 걱정되어 따라갔더니 아이가 서럽게 울고 있었다. 뒤이어 들려오는 물소리와 엄마의 달래는 소리를 들으며 잠시 멍했다.

먼 우주에 고립된 우주비행사가 통신장비를 통해 들었던 아닌강의 목소리처럼, 내가 서 있는 곳이 우주의 한가운데인 듯 한참 그 목소리를 들었다.

천신만고 끝에
애플망고

서점을 이사하며 중고 가구를 사서 직접 페인트칠도 하고 조명도 설치하며 원하는 모습의 가게를 만들기 위해 애를 썼다.

시간과 품이 무척 많이 드는 일이었기에 노동요가 필요했는데 즉석에서 무심코 지어 부른 노래가 과일에 대한 찬가다. 장르는 몸을 쓰는 노동에 어울리는 힙합이었다.

'천신만고 끝에 서점 이사, 천신만고 끝에 애플망고, 비싼 과일 좋아, 애플망고 좋아, 스위티 스위티망고스틴 좋아.'

그 후 별다른 변화 없이 천신만고 끝에 온갖 과일이 매달리는 상큼한 랩의 행렬이 펼쳐진다. 천연 비타민 C와 과즙이 팡팡 터져서 힘이 절로 나는 노동요다.

'세월이 흘러가면 어디로 가는지, 나는 아직 모르잖아요.' 이문세의 노래 가사처럼 세월이 흘러가면 어디로 가는지 궁금해할 때마다 늙어 가는 내 모습에 한탄만 나오지만, 한 해의 과일 스케줄을 떠올리면 세월이 흘러가는 것이 꽤 기대된다.

사고뭉치인 우리 아빠는 점잖으신 큰아버지에게도 몇 번이나 엄청난 민폐를 끼쳤기 때문에 자식인 우리도 큰집에만 가면 뭔가 기가 죽고 부채감이 들었다.

번듯한 가정에서 잘 자란 사촌들은 역시 무척이나 바르고 건실하게 성장했다. 정말 드문 일이지만 사촌 동생이 집에 놀러 온 날이 있었다. 사촌은 우리 집 식탁 위의 귤을 먹고는 '이것은 그냥 귤이 아닌 것 같은데?' 하고 알아차렸다.

그렇다. 그것은 그냥 귤이 아니라 레드향이었다. 내가 진 빚은 아니지만 큰집에만 가면 늘 빚쟁이가 된 기분이었던 나는 당황해서 내가 왜 비싼 과일을 사 먹어도 되는지에 대해 구구절절 설명하기 시작했다. 동생은 물론 전혀 그런 의도가 아니었고, 누구도 묻지 않았다.

"나는 담배도 안 피우고, 술도 안 마시고, 커피도 못 마셔서 카페도 거의 안 가고, 옷도 중고 취향인데, 유일한 사치는 철마다 비싼 과일을 사는 것과 여행을 가는 것뿐이야. 그러니까 괜찮지. 술 마시고 담배 피우는 것보다 훨씬 낫지."

듣는 이가 대신 부끄러워지는 장황한 설명이지만 나는 진심으로 그렇게 생각하며 야무지게 비싼 과일을 집에 마련해 둔다.

철이 돌아오면 한 상자씩 사놓고 오랑우탄처럼 터억 하고 앉아서 마음껏 먹어치우는 과일들이 있다. 여름에는 미니 애플망고, 체리와 블루베리, 멜론과 참외, 파인애플, 가을에는 샤인머스캣과 단감, 겨울에는 레드향과 이스라엘산 스위티, 이름만 들어도 청량하고 달콤하다. 망고스틴도 정말 좋아해서 동남아시아에 가면 그득 사서 그릇에 한 번에 까두고, 굶은 다람쥐처럼 두 볼을 가득 채워 양껏 먹는다.

과일 맛을 흉내 내려고 딸기맛, 사과맛, 포도맛 가공식품이 넘쳐나는데 순수한 원형의 제철 딸기와 사과와 포도를 먹을 수 있는 절호의 기회를 놓치는 것은 고개를 가로저을 수밖에 없는 안타까운 일이다. 테이블 위에, 식탁 위에 한가득 쌓인 빨간 사과는 꽃을 꽂아 둔 것만큼이나 집의 공기를 바꿔 버린다. 사과도 원래 꽃이었으니까 충분히 그럴 수 있다. 오며 가며 언제나 편안히 앉아 오물거리기를 청한다.

오천 원에 파는 생과일주스 한 잔의 가격은 그러려니 하지만 며칠을 두고 먹을 과일 오천 원어치는 어쩐지 망설여지게 마련이다. 그 망설임의 비합리적임을 깨닫고 난 후, 지금은 과감히 만 원어치 과일도 자주 산다.

이실직고하자면, 실은 쌀도 아주 좋은 것만 먹는다. 한 번 사면 몇 달은 넘게 끼니마다 먹는데 몇 만 원 비싸더라도 최고급을 먹는 게 똑똑한 것 아닐까?

달걀도 그 맛과 영양적인 가치에 비해 평가 절하된 상품이라고 생각해서 동물의 복지가 인증된 유정란도 종종 사 먹는다. 파스타는 생면 파스타를 좋아하고, 광어회 한 접시보다는 성게알 초밥 두 개를 선택하겠다.

사주에 식신이 두 개인, 먹을 것에 돈을 전혀 아끼지 않는 이 사치스러운 먹보는 비싼 과일만 좋아하는 게 아니라 그냥 맛있는 것 모두를 좋아하는 것이었던 것이었다. 나쁜가?

좋아하는
반찬의 이름을
되뇌는 날

만 원이면 다섯 팩을 주는 반찬가게에 들러 내일 일하러 가는 동생의 보온 도시락에 들어갈 반찬을 샀다.

진미채볶음, 호박고지볶음, 미역줄거리무침, 무나물, 두부조림. 나는 이런 글자들을 쓰는 것이 좋다.

한 번에 발음하는 것도 좋다. 안녕하세요, 혹시 미역줄거리 있나요? 마늘쫑새우볶음은요? 시래기된장국, 콩비지찌개, 나박김치, 호박식혜, 어묵볶음, 부지깽이나물. 이런 단어를 말하고 쓰는 동안에는 햇빛만 봐도 괜히 마음이 찡하다.

막 지은 흰 쌀밥에서 피어오른 김, 들기름 냄새, 달각달각 숟가락과 젓가락 놓는 소리.

다행스럽게도 편안하게 먹는 식사만으로도 꽤나 만족

할 수 있는 감각을 기르는 법을 알고 있다. 그것은 예전에 힘들었던 때의 시점으로 현재를 보는 것이다. 시간을 오고 갈 수 있는 어마어마한 능력이 우리에게 있다.

인도에서 고산병으로 계단 하나를 오를 때마다 산소가 부족해 심장이 답답했을 때를 떠올리면 이렇게 가뿐하게 평지를 걷는 것이 감사할 때가 있다.

모로코에서 씻지도 않은 무화과를 신나게 먹었다가 울어 버릴 정도로 아팠던 날로 돌아가면 지금 마음 놓고 멍하니 하늘을 바라볼 수 있다는 것만으로도 안심이 된다.

그날 하루의 사냥을 허탕 친 원시인류의 입장에서는 이렇게 쉽게 불을 피우고 동굴이 아닌 곳에서 식사를 한다는 것이 놀랍기만 하다.

내가 기후재앙으로 촉발된 식량 전쟁 이후, 벙커에 숨겨 둔 쌀을 힘겹게 찾아낸 미래 인류라고 생각하면 이토록 평화로운 쌀밥이 무척 신기하다.

그런 유치한 상상을 종종 해서인지 안정적인 직장을 포기하고 선택한 지금의 책방 생활에도 쉽게 만족을 느낀다. 종종 경제적으로 불안해질 때가 있지만 불안이 불행으로 이어지지는 않는다. 큰 축제를 기획하며 아찔한 일들이 일어날 때면 날아가는 새들이 후드득 떨어지는 악몽을 꿀 정도로 힘들다. 하지만 힘들다고 불행한 것은 아니다.

등산을 하면 걸을 때마다 숨이 차고 다리가 아프지만 그런 고통이 불행하지는 않은 것과 같다. 아무리 무거운 짐도 내려놓고 좀 쉬면 원래의 컨디션으로 돌아온다. 내가 원한다면 있는 힘껏 힘을 들일 때도 있는 것이다.

이것이 곧 끝날 고통이라는 믿음이 있다. 내가 어떨 때 정말 행복했는지를 돌아보면 조금 힘들어도 좋아하는 것들을 누릴 수 있는 삶으로 잘 걸어왔다는 생각이 든다.

불행의 다른 면을 보는 연습도 종종 한다. 가난은 분명히 불행의 요소가 되지만 삶은 입체적이어서 가난의 어떤 면은 한 사람에게 꽤 인상적인 행복을 심어 줄 때도 있다.

산책을 하다가 동네에서 돌나물을 보면 괜히 반갑다. 어릴 때 집에 쌀 말고는 아무것도 먹을 것이 없었던 어느 오후에 갑자기 재미있겠다는 생각이 들어 동생과 함께 근처 수봉산에 올라 돌나물을 잔뜩 뜯어 왔다. 밀가루를 조금 묻혀서 튀김도 만들고, 초고추장과 참기름에 무쳐서 반찬도 만들었다. 소꿉놀이를 거창하게 하는 것 같았고, 로빈슨 크루소가 된 기분이었다. 그 모든 과정이 책 속의 모험처럼 흥미진진했다.

긴밀하게 돌보는 어른이 없었기 때문에 겪지 않아도 될 못된 일을 겪기도 했지만, 딱히 이래라저래라 하는 사람도 없어서 무엇이든 하고 싶은 만큼 실컷 할 수 있는 자유가 있었다.

가난하고 외로웠기 때문에 주변에 대해 차분히 음미할 여백이 있었다. 전기가 끊겼을 때 촛불을 켠 작은 방은 초라하기보다는 아름다웠고, 추운 방이라도 무겁고 부드러운 이불을 목까지 끌어당기면 아늑하고 든든한 만족이 지금과 다르지 않았다. 커가며 더 좋은 환경 속에서 더 편안한 감각을 알게 되었어도 힘들었던 때의 선명한 행복이 쉽게 지워지지는 않는다.

무인도에 갇혀서도 갖가지 희로애락을 느꼈던 로빈슨 크루소처럼 인간은 그저 그때의 감정을 이어 가며 살아가고 있다고 느낀다. 어떤 환경인지보다 그 환경에서 어떤 감정을 느끼고 있는지가 중요하다. 그것이 본질이라면 다른 사람의 시선으로 나의 삶을 비교할 필요는 없다.

지금의 경험 속에서 내가 어떤 것을 느끼고 있는지에 집중해 본다. 디스토피아 영화를 너무 많이 본 나머지 어쩌면 내가 사는 동안 기후 위기로 전쟁이 나거나, 세상이 황폐해지며 외딴 야생으로 이주를 할 수도 있다고 상상할 때가 있다. 그러면 나는 어떤 마음가짐으로 살아야 할 것인지, 그런 와중일지라도 어떤 행복을 건져 올리며 살게 될지 가늠해 본다.

그때도 누군가는 엉뚱한 실수와 말장난으로 웃음을 줄 것이다. 누군가와 함께 밥을 먹는 마음에는 따뜻한 김이 피어오를 것이다. 조용히 하루의 일을 쓰는 시간에는 그렇구나, 그랬던 거야, 하고 혼자 깨닫는 순간이 있을 것이다.

어쩌면 정말 운이 좋게도 그런 세상 속에서도 미역줄거리, 시래기된장국, 콩비지찌개, 나박김치, 어묵조림을 먹을 수 있는 미래가 이어질지도 모른다.

초등학생 때 인상적으로 보았던 스티븐 소더버그 감독의 영화 「리틀 킹」은 어린 두 형제가 집안에 갇힌 채 생존을 이어 가는 이야기다.

형제는 너무 배가 고파서 잡지에 실린 음식 사진을 오려서 씹어 먹으며 힘든 시간을 버틴다. 나는 그 장면을 가장 좋아했다. 먹고 싶은 음식의 이름을 주고받던 순간 축 늘어져 있던 둘은 생생해졌다. 그들이 말하는 음식을 다 먹어 보지는 못했지만 나도 그 음식들을 사랑하게 되었다.

결핍은 욕망을 더 선명하고 생생하게 만들어 준다. 원하는 것을 분명하게 만들어 주고 다음을 향해 움직이게 한다. 인간의 밑바닥에는 인생에 열기를 감돌게 하는 생명력이 있고 결핍은 그것을 스스로 끌어올리는 길을 찾게 한다. 그리고 아무 일 없는 평온한 집을 향해 오늘 먹고 싶은 평범한 반찬의 이름을 되뇌며 걸어가는 것만으로도 밑도 높은 평화가 찾아온다.

둘

알아차려야 하는 사랑

가족은 언제나 수리 중

책상 위에 껍질을 모두 벗기고 먹다 만 레드향이 놓여 있다. 시간이 지나 껍질이 말라 버려 씹으면 바삭 소리가 난다. 이건 탁꿍이가 나 먹으라고 두고 간 것이다.

내 동생 곱슬머리, 개구쟁이 내 동생, 이름은 하나지만 별명은 서너 개, 그중 하나가 바로 탁꿍이다. 탁꿍이는 과일을 먹으면 꼭 반, 혹은 그 이상을 푹 잘라 나를 준다. 라면을 끓일 때도 꼭 함께 먹을 것인지 물어봐 주고, 김밥 재료를 사서 집에 들어가면 내가 좋아하는 홈메이드 김밥을 말아 준다. 사골 국물을 사가면 떡만둣국을 끓여 주고, 갈치를 구우면 살만 발라 갈치 덮밥을 만들어 준다. 모두 어마어마하게 수고로운 일임을 안다.

'오늘 김밥 재료 사 와. 누부, 김밥 먹은 지 오래됐지?'

'응, 나 두 줄 먹을 거야. 라면도 먹을 거야. 계란 반숙으로 국물 자작하게 라면도 끓여 줘.'

우리가 항상 이렇게 사이좋은 남매는 아니다. 한밤중 자다 말고 전자 모기채를 찾으러 방문을 열면 사소한 이유로 자신의 잠을 깨웠다며 노발대발하고, 나는 전기 모기채 네 방에 없다더니 역시 여기 있었구나, 모기 있으면 잠을 못 자는데 나는 어쩌라고, 하며 노발대발한다.

동생과의 이야기로만 책을 쓸 수 있을 정도로 우리 사이에는 넓은 애증의 강물이 흐르고 있었으나 지금은 둘 다 늙어 버려서 기운이 빠진 나머지 화가 나다가도 푸시식 식어 버린다.

우리는 가족이다. 당연한 사람. 아, 그러니까 당연한 사람이라는 것은 이 얼마나 진귀한 것인가. 세상의 무른 것들이 시간에 삭아 모두 없어질 때도 당연한 것들은 남아 있다. 전화를 걸면 당연히 그곳에 있고, 심보가 못된 말을 조금 주고받았다고 해서 어느 날 갑자기 사라지지도 않는다. 서로가 뉘우칠 때까지, 화가 풀릴 때까지 그 자리에 머물러 준다.

동생이 오랫동안 집 밖으로 나가지 않았던 시절이 있

었다. 모든 인간관계를 끊고 방에 틀어박혀 게임만 하는 시간이 길게 이어졌다. 중간에 뭐라도 해보려고 무척 노력했는데 선택한 것들이 하필 온갖 험한 일들이라 다시 상처를 받고 집으로 돌아왔다. 그러다 마음에 심각한 병을 얻기도 했다.

동생이 아픈 긴 시간 동안 나도 너무 당황스럽고 슬프고 어찌할 바를 몰라 모진 말을 많이 했다. 함께 자랐지만 동생이 어떤 사람인지 서른이 훨씬 넘어서야 간신히 알게 되었다. 중학교 때는 그저 공부를 싫어하는 날라리, 어른이 되어서는 게으른 게임 폐인이라고 생각하며 무시했다.

왜 내가 외롭게 자라는 동안 동생도 함께, 어쩌면 훨씬 외로웠을 거라고 알아차리지 못했을까? 나는 그래도 학교에 가면 모범생의 얼굴로 꽤나 도도하게 지낼 수 있었지만 계속 방황하던 동생에게는 학교라는 공간조차 마음 편안한 곳이 아니었을 것이다.

마음의 병이 더 깊어지는 동생을 이해하기로 마음먹고 설득 끝에 서른이 넘어서야 처음으로 함께 여행을 가보았다. 집에만 틀어박혀 있느라 제주도에 처음 가보는 동생의 표정은 정말 어린아이 같았다. 바닷바람에 두 팔을 벌려 모처럼 햇살 아래 웃고 있는 사진을 찍고, 차를 타고 이동을 할 뿐인데도 분주히 움직이는 시선을 따라 감탄했다.

안돌 오름, 따라비 오름, 용눈이 오름을 오르고 내리며 처음으로 많은 이야기를 나누었다. 초등학교 때 같은 반 친구로부터 옷에서 냄새가 난다는 말을 들었을 때 무척 슬프고 부끄러웠다는 이야기도 처음 들었다. 고등학교 때는 친구들과 밖에서 노는 것이 너무 좋고, 학교에서는 실제로 심장이 뛰고 숨을 잘 쉴 수가 없이 괴로워서 뛰쳐나올 수밖에 없었다고 고백했다.

왜 그때는 말하지 않았느냐고 다그칠 수 없었다. 그때의 우리 집은 각자의 병을 가지고 있는 사람들이 그저 한 지붕 아래에서 비를 피할 뿐인 곳에 가까웠으니까. 그런 가정이 보기 드문 것도 아니었다.

동생은 제주도를 정말 놀랍고 아름다운 곳이라고 생각했는지 얼마 후 제주에 일자리를 구했다며 혼자 내려가서 살기 시작했다. 사건이 일어난 것은 제주에 내려간 지 얼마 지나지 않아서였다. 동생의 안부가 걱정되어 매일 연락을 주고받았는데 어느 날부터 연락이 되지 않았다.

연락이 끊기고 사흘 정도 지난 새벽에 동생으로부터 드디어 답장이 왔다.

'우리 누부 그동안 정말 고마웠어.'로 시작하는 장문의 문자.

정신이 아득해져서 경찰에 신고했다. 아팠던 동생의 상태를 설명하고 문자를 보여 주니 제주 해양 경찰과 연계하여 위치를 추적해 주었다.

동생의 핸드폰은 제주도에서 한참 떨어진 바다 한가운데 있었다. 그걸 확인하는 순간 와르르 무너졌다. 가슴을 쥐어짜고 도려내는 고통.

'누나, 나는 지금까지 단 한 번도 진심으로 행복하다고 느껴 본 적이 없어.'

동생의 말이 몇 번이고 귓가에 들려왔다. 어째서 지금껏 동생의 마음을 제대로 물어봐 주지 못했을까, 어째서 충분히 사랑한다고 말해 주지 못했을까, 검고 외로운 점으로 혼자 우주에서 말없이 떠돌았을 작은 영혼을 떠올릴 때마다 내리누르는 커다란 고통에 압사할 것 같았다. 함께 그 우주로 가서 제대로 사랑해 주지 못한 후회, 평생 동생이 품었을 슬픔을 짊어지고 나 역시 작은 점으로 살 수밖에 없을 것 같았다.

열두 살 때, 동생을 잃어버렸던 날이 떠올랐다. 어린이날, 아버지는 우리에게 만 원을 주시며 오늘 하루는 마음껏 놀고 오라고 했다. 우리는 집 근처의 놀이공원에 가서 망치로 두더지 잡기도 하고 악어 잡기도 했다.

동생은 다람쥐통을 무서워해서 나 혼자만 탔다. 다람쥐통이 자기 앞을 지날 때마다 동생은 기쁘게 손을 흔들어 주었다. 우리가 함께 탄 것은 회전목마였다. 조금 느려서 재미는 그다지 없었지만 음악이 흥겹고 내가 고른 예쁜 말이 잠시나마 진짜 나의 말처럼 느껴져서 좋았다. 무엇보다 오늘은 우리가 마음껏 기뻐하도록 만들어진 날, 별일 아니어도 마주 보며 활짝 웃을 수 있다.

오락을 하면 아이큐가 높아진다는 말을 철석같이 믿는 동생은 오락실만 보면 정신을 못 차렸다. 동생이 오락에 빠져 있는 동안 나는 혼자 놀이동산을 돌아다녔다. 핫도그를 하나만 살까 두 개를 살까 망설이다가 동생 것까지 하나 더 사 들고 다시 오락실로 왔다. 그런데 오락실을 다 돌아도 동생이 없었다. 놀이동산을 다 돌아도 동생이 없었다. 해는 뉘엿뉘엿 지고 애타는 마음으로 고민을 하다가 동생도 나를 찾아 집으로 돌아갔을지도 모른다는 생각이 들었다.

내 저금통에서 몰래 동전을 빼가는 얄미운 동생, '누나'라고 안 하고 자꾸 '야'라고 부르고, 별것도 아닌데 일러

바치고 자기는 착한 척만 하고, 얄미운데, 동생을 영영 잃어버렸을까 봐 눈물만 나왔다.

집으로 돌아가는 길가에는 커다란 플라타너스가 늘어서 있었다. 나는 플라타너스를 지나칠 때마다 손을 얹고 기도했다. '나무님, 나무님, 집에 가면 동생이 있게 해주세요. 동생이 무사히 집에 도착하게 도와주세요.'

집에 돌아오니 동생은 집에 돌아와 태연히 텔레비전을 보고 있었다. 그래서 정말 나무가 소원을 이루어 줬다고 생각했다.

그런데 어른이 된 지금은 정말 돌아오지 않게 되는 것일까? 아침이 와서 날이 밝을 때까지의 몇 시간 동안 나는 동생이 정말 죽은 줄로만 알았다.

경찰은 핸드폰의 위치를 쫓아 바다로 나가 한 고기잡이배 선실에서 동생을 발견했다. 동생은 한 번에 돈을 많이 벌 수 있다는 말에 혹해서 그 배를 탔다. 배가 뒤집힐 것 같은 거센 풍랑이 몰아치는 컴컴한 밤이었는데, 뭍으로 돌아가지 않고 높은 파도를 헤치며 새벽까지 혹독하게 일을 시켜서 공포에 사로잡혔다. 배가 뒤집히면 이대로 정말 죽을지도 모른다는 생각에 휩싸여 문사를 보냈다. 어릴 때와 마찬가지로 다시 집으로 돌아온 동생을 보는 순간 모든 것이 그냥 감사하고 감사할 따름이었다.

그 일을 겪은 후에는 되도록 자주 말한다.

'우리 동생 누부가 너무 사랑한데이.'

동생과 나에게 해주고 싶은 말을 고르고 골라 책 『고르고르 인생관』을 썼다. 동생처럼 어떻게 살면 좋을지 헤매다가 풀이 죽은 사람들이 소중한 것을 찾아서 씩씩하게 살아갔으면 하는 마음을 담아 진심으로 썼다. 우리에게 늘 충분하지 않았던 사랑의 말을 책에서나마 실컷 들을 수 있기를 바랐다. 하지만 동생은 아직도 그 책을 읽지 않았다. 역시 얄밉다.

커다란 사건을 겪은 후 동생은 변했다. 나도 변했다. 가족은 태어나는 것이 아니라 끊임없이 건축하고 수리해야 하는 무엇이었다. 혈연으로 이어진 채 덩그러니 놓일 뿐, 거기서부터 시작인 것을 너무 늦게 알았다. 예전 같으면 낯간지러워서 못 했을 말도 마음껏 표현해 준다. 어색하지만 버릇이 되면 조금씩 괜찮아진다.

동생은 페인트칠을 하며 사회생활을 다시 시작했다. 얼마 전 공인중개사 자격증을 따는 데에도 성공했다. 어려운 시간을 겪으며 불교 팟캐스트와 유튜브를 잔뜩 보더니 이제는 거의 스님처럼 득도를 해버려서 내가 힘든 일을 겪을 때마다 현자처럼 상담을 해준다.

며칠 전에는 대학에 다시 가서 철학을 공부해 보고 싶다고 넌지시 말했다. 네이버 지식인에서 만난 힘든 사람들에게 장문의 댓글을 달아 주며 하트를 많이 받았다고 자랑한다.

혹시라도 길고양이를 마주칠까 봐 차에는 늘 고양이 사료가 담겨 있다. 길을 가다가 다친 고양이를 발견하면 며칠이고 걱정하며 이야기한다.

내가 지나가다가 던진 고민에 온종일 고민하다가 글짓기를 잔뜩 해서 카톡으로 보내 준다. 나는 동생이 보내 준 카톡의 글들을 몰래 모아 『생각왕 김탁꿍』이라는 독립출판물을 몇 권 만들어 생일 선물로 주었다. 귀하고, 선하고, 사실은 너무 재미있는 영혼을 가진 너를 이해해 줄 또 다른 누군가에게도 이 책이 전해지기를 바라며.

섬의 외할머니

여섯 살에 전라남도 여수에서 한참 배를 타고 들어가야 하는 손죽도의 외할머니네 잠시 맡겨졌다. 나는 그때의 일을 생생하게 기억한다. 곱씹어 기억하고, 소중한 사람에게 이야기하고, 그리워했기 때문이다. 말해진 기억들은 사라지지 않고 한 사람의 뼈대가 된다.

배의 3등칸, 자색 비로드 천이 깔린 배의 가장 밑바닥, 멀미로 고생하며 섬까지 갔다. 바다를 구경하고 싶다는 생각은 들지 않았다. 배 밖으로 나가면 멀미가 조금 나을 거라는 말을 들었지만 차마 엄두가 나지 않았다. 애초에 부모와 떨어져 잘 모르는 곳에 가야 한다는 것이 두려웠기 때문이다.

큰 배에서 내리면 드디어 도착일 것 같아 간신히 참았지만 내린 곳은 또 하나의 작은 통통배였다. 흔들리는 배에서 흔들리는 배로 넘어가는 일이 쉬운 일은 아니었다. 배와 배 사이의 바닷물에 기름이 둥둥 떠서 무지개색으로 반짝였다. 무지개색이어도 예쁘지 않았다.

쪽 찐 머리에 수수한 한복. 쌍꺼풀 없이 다소 무뚝뚝해 보이는 인상의 외할머니는 해녀다. 때가 되면 검은 고무 옷을 입고 오리발을 신으셨다. 우리는 막 새로운 곳에 도착해서 오도카니 앉아 조그만 기와집, 오래된 우물과 펌프가 놓인 마당, 장독에 앉아 낮잠을 자는 고양이를 보았다. 그 장독 안에는 거름이 되어 가는 분변이 들어 있었다.

창호지로 된 문에는 사자 얼굴 모양의 놋쇠 문고리가 달려 있었는데, 꽤 마음에 드는 얼굴이라 문고리를 한참을 바라보고 만져 보았다.

모두 잠자리에 들었는데, 낯선 외할머니에게 화장실에 가고 싶다고 이야기할 수가 없어서 참을 수 있는 데까지 참았다. 천장을 멀뚱멀뚱 바라봤다. 결국, 참기가 어려워져서 할머니에게 조용히 속삭였다.

'할머니, 화장실 가고 싶어요.'

캄캄한 밤, 재래식 화장실 안은 무척 어두웠다. 발판이

성인에게 맞추어져 아이에게는 버겁도록 벌어져 있는 것이다. 발아래로는 무엇도 보이지 않지만, 그곳이 끝없이 깊고 무섭게 느껴졌다.

다음 날 아침, 일어나 마당으로 나가니 김발이 널려 있었다. 할머니는 검고 축축한 것을 가지런히 펴서 네모나게 햇볕에 말리고, 다 마른 것은 걷어서 부엌으로 가지고 갔다. 장작을 넣는 아궁이에는 커다란 가마솥이 걸려 있었다. 솥뚜껑을 뒤집어 놓은 후 채 썬 감자를 볶기 시작하고 우리는 부엌 문간에 어색하게 서서 냄새를 맡았다.

밥상 위에는 쌀밥, 구운 김, 감자볶음과 김치가 차려졌다. 단출한 상이지만 할머니에게 말하면 무엇이든 먹고 싶은 만큼 먹을 수 있을 것 같았다. 감자볶음과 밥을 잔뜩 담아 푹푹 입에 넣었다.

할머니는 이따금 이상한 고무 옷을 입고 머리에 커다란 고무 대야까지 얹었다. 나가실 때마다 우리에게 백 원씩 용돈을 주셨다. 시계를 볼 줄 모르는 우리를 위해 벽시계의 숫자에 표시를 하고, 짧은 바늘이 여기에 오기 전에는 할머니가 돌아올 것이라고 말씀해 주셨다.

어느 날 따라오면 안 된다는 말을 어기고 동생과 함께 할머니를 몰래 따라갔다. TV도 없는 섬마을에서 그것 말고는 딱히 할 일이 없었기 때문이다. 할머니가 중간중간 오지 말라고 손사래를 쳤지만 우리는 지치지 않고 따라갔다. 어쩔 수 없이 허락을 하셨을 때는 함께 나란히 놀러가는 것 같았다.

하지만 갯벌이라는 곳에 처음 온 우리는 아무런 준비가 되어 있지 않았다. 그곳이 어떤 곳인지 전혀 알지 못했다. 발이 푹푹 빠지는 느낌이 두려웠는데 결국에는 무릎까지 서서히 빠져들고 말았다. 이쯤이면 멈추겠지, 이쯤에서는 땅에 닿겠지, 예상은 빗나가고 점점 들어가서 나는 처음으로 죽음이 두렵다고 느꼈다. 생명이 빨려 들어갈 것 같은 갯벌의 흡입력.

그때 할머니가 겨드랑이를 잡고 나를 번쩍 들어 올렸다. 햇빛을 등진 빛나는 할머니는 정말 크고 멋있게 보였다.

밤이 되어 할머니는 잘 준비를 하며 이쪽을 돌아보지 말라고 당부하고 옷을 갈아입었다. 어린아이에게 별것도 아닌데 뭘 하지 말라고 하면 그것은 꼭 하고 싶은 일이 되어 버린다. 나를 등지고 있었지만, 경대에 비친 할머니의 얼굴을 볼 수 있었다. 할머니는 쪽 찐 머리를 풀어헤치고 바닥에 놓인 경대를 보며 참빗으로 머리를 빗었다. 머리를 풀어헤친 귀신 같아서 큰 충격을 받았지만 몰래 본 것이기에 티를 내지 않고 이불 속으로 잠자코 들어갔다. 그 다음 우리 할머니가 실은 귀신일 수도 있다는 무서운 상상을 시작했다. 하지만 아침이 되어 다시 감자볶음 냄새가 풍겨 오자 모든 것을 잊어버리고 말았다.

외할머니의 모든 것이 그리울 뿐이지만 한 가지 서운했던 기억도 있다. 밭에 탐스러운 딸기가 빨갛게 익어 있기에 제일 큼지막한 것으로 따서 맛있게 먹었는데 마구 혼을 내셨다. 내내 서운했는데 어른이 되어 알고 보니 그것은 남의 딸기밭이었다고 한다. 이것 참 본의 아니게 서리를 해서 죄송했습니다.

처음으로 섬에 어마어마한 폭풍우가 불었던 날, 새벽에 눈을 떠 보니 할머니가 보이지 않았다. 철컹거리는 창호문 사이로 얼핏 보이는 검푸른 새벽이 정말 무서웠다.

할머니가 없으니 집이라는 곳이 너무 위태롭게 느껴지고 바다가 우리에게 들이닥칠 것만 같았다. 위험하게 느껴지는 집을 벗어나 할머니를 찾으러 동생과 함께 장대비를 헤치고 걸어 나갔다.

센 바람에 몸이 몇 번이나 기우뚱했는데 한 손으로는 동생의 손을 꼭 잡고, 한 손으로는 담벼락을 짚으며 할머니가 자주 가는 동네 친구네로 갔다. 할머니를 커다랗게 부르자 노랗게 빛나는 방문을 열고 할머니가 데리러 달려 나왔다.

이 비에 어떻게 여기까지 왔냐고 두 할머니가 놀라워하며 우리의 몸을 닦아 무릎에 눕혔다. 알몸으로 쏙 들어간 이불속은 따뜻했다. 백열등 아래 할머니 무릎에 누워 다시 잠드는 동안 느꼈던 아늑함을 아직 몸이 기억한다. 순식간에 그날로 돌아갈 수 있다.

부모님이 완전히 헤어지고 친할머니네 맡겨지며 이후로 다시는 외할머니를 만나지 못했다. 엄마에 대한 이야기는 금기였다. 사실은 그저 이혼을 한 것뿐이었는데 친할머니는 엄마가 갑자기 돌아오지 않는 것은 공장에서 일하다가 기계에 끼어 죽었기 때문이라고 말했다. 그래서 더 물어볼 수 없었다.

자라면서 버스 정류장에 보따리를 이고 있는 쪽 찐 할머니를 보면 혹시 외할머니가 아닐까 하는 마음에 유심히 보았다. 꿈에 종종 나오셨고, 쌍꺼풀 없이 길고 담담한 얼굴의 할머니들을 마주칠 때마다 늘 그리웠다.

대학생이 되어서 잠시 만났던 엄마를 통해 외할머니의 소식을 전해 들을 수 있었다. 돌아가시기 직전까지도 우리를 부르며 무척이나 보고 싶어 하셨다고 한다. 엄마의 집에서 외할머니의 유품인 작은 수첩을 발견하고 찬찬히 살펴보았다. 한글을 쓸 줄 몰랐던 할머니의 수첩에는 대부분 다른 사람들이 적어 준 전화번호만 가득했는데, 유일하게 할머니가 쓴 글씨가 있었다. 돌아가시기 전에 한글 학교에 잠깐 다니셨다고 한다. 남이 쓴 것을 따라서 보고 쓴 듯 연필의 궤적이 주저하는 모양이었지만 자형이 가로로 넓고, 파도처럼 물결치는 예쁜 글씨였다.

'고북심'

할머니의 이름 세 글자.
처음 알게 된 우리 외할머니의 이름은 고북심이었다.

아버지를 울린 날

아버지는 내가 간장게장을 얼마나 좋아하는지 알고 있다. 오늘은 간장을 쏟을 위험을 무릅쓰고 강화도에서 우리 집까지 플라스틱 통에 게를 포장해 오셨다.

아버지는 가족사진을 찍고 싶어 하신다. 이제는 어른이 된 우리의 사진을 아직도 몇 장 지갑에 넣고 다닌다(그 중 내 사진은 만나는 사람들 중 선볼 만한 사람이 있으면 언제라도 보여 주려는 용도가 있다). 어렸을 때 열어 보았던 아버지 지갑에도 우리 사진이 있었다. 우리들의 사진을 그렇게 깊고 부드럽게 봐주는 사람은 아버지뿐이겠지.

하지만 나는 이 나이가 되어서도 철이 없어 여전히 아버지를 자주 원망한다. 몇 년 전 아버지 생일에 월미도로 다 함께 회를 먹으러 갔다. 아버지는 이 가격에 이렇게 믹을 것도 없는 곳으로 왔다며 투덜거리며 화를 내셨다. 여차저차 이야기를 주고받다가 어린 시절 이야기가 나왔다.

그건 아버지의 아킬레스건이기 때문에 나와서는 안 되는 것이었는데 언제고 한 번은 꼭 말해야지 벼르던 속풀이를 드디어 해버렸다.

"아빠가 어릴 때 우리를 두고 집에 오지 않았던 일은 방임이었고, 그건 학대였어."

아버지는 슬픔을 잊는 방법으로 도박에 빠져서 얼마간의 돈을 남기고는 떠나 어린아이들끼리 생활하도록 내버려 두고는 했다. 고레에다 히로카즈의 영화 「아무도 모른다」는 우리의 이야기였다. 창문이 없어서 낮에도 캄캄하고, 겨울에 난방도 되지 않는데 전기까지 끊긴 단칸방이었기 때문에 해가 지기 전까지는 밖에서 놀다가 해가 지면 두꺼운 이불을 몇 겹씩 덮고 촛불을 켰다.

어느 날은 TV 위에 촛불을 올려 두고 그대로 잠이 드는 바람에 불이 나버렸다. 한밤중 플라스틱 타는 냄새에 깨서 동생과 함께 급하게 물을 끼얹었는데 전기가 끊겨 있지 않았다면 더 큰 일이 났을 것이다. 우리는 TV를 망가뜨렸다고 혼이 날까 걱정을 했는데 다행히 혼이 나기는커녕 걱정을 들어서 이후로는 아버지에게 무용담처럼 우리가 어떻게 불을 껐는지 자랑을 했다. 하지만 사실 그것은 아버지가 혼나야 하는 일이었다.

그럼에도 우리 가족은 서로 사이가 좋았다. 아버지는 잘 웃었고 우리에게 욕을 하지도, 폭력을 쓰지도 않았기 때문이었다. 아버지는 고향 친구, 학교 친구, 도박으로 다져진 친구, 일하며 알게 된 친구로 늘 통화 중이고 갈 곳이 많은 사람이다. 어디서 돈이 나는지 평생 새로운 가게를 차렸다. 업종도 다양했는데 어린 내가 보기에도 전혀 돈이 될 것 같지는 않았다.

최근에 열었던 재미있는 가게는 산에 다니며 얻은 약재를 포함한 이런저런 재료들로 효소를 만들어서 책장에 넣어 두고 판매하는 일이었다. 시장도 아니고 엉뚱하게도 법원 근처 잘 보이지도 않는 2층에 자리 잡은 약초 효소 가게에 누가 올 리 만무했기 때문에 아버지는 가게를 완성했다는 기쁨을 맛보자마자 곧 접었다.

내가 가장 좋아했던 가게는 아버지가 친구와 함께 운영하던 비디오 가게였다. 그곳에서도 매일 도박을 했지만 그러거나 말거나 비디오를 볼 수 있어서 좋았다. 19세 이상 관람 불가의 공포물이나 야한 영화들은 뒷면의 줄거리만 읽어도 재미있었다. 안타깝게도 비디오 가게 딸로서의 기쁨을 충분히 누리지는 못했다. 그때는 우리가 따로 살아서 가끔 놀러 갈 수밖에 없었고, 비디오 플레이어로는 늘 아버지가 중국 무협 영화 시리즈를 보고 있었기 때문이다.

이야기들은 대부분 비슷했다. 우선 원한을 품은 청년이 까불다가 된통 당해서 생사가 왔다 갔다 하는 내상을 입게 된다. 그때 마침 등장한 백발노인을 만나 신비한 경단을 먹는다. 그러고는 파란 옷을 입은 낭자나 빨간 옷을 입은 낭자가 나와서 식은땀을 흘리는 공자의 등에 손바닥을 대고 기합을 넣으며 치료해 주는데 그때마다 우리는 쑥스러워서 눈을 감았다.

책을 실컷 읽고 싶어서 책방을 차린 나처럼 아버지도 낭자들이 나오는 비디오를 실컷 보고 싶어 가게를 차린 것이 아닐까? 그렇다면 이해가 되기도 한다.

아무리 보잘것없고 작은 일이라도 우직하게 꾸려 갔으면 좋았을 텐데, 어째서 그렇게 다른 사람에게 피해를 주면서까지 하고 싶은 것만 하려고 했을까 원망했다. 그런데 서점을 시작하며 최근에야 문득 깨달았다.

이렇게만 살던 사람이 갑자기 저렇게 살기는 참 어려운 일이구나. 어쨌든 이렇게 저렇게 인생이 흘러가 버리니까 나처럼 조금 더 하고 싶은 것을 해보고 싶으셨겠구나. 도전할수록 빚이 늘어가고 가난만 커지는 일들뿐이었어도 그래도 계속 포기하지 않았구나. 가족들의 인생에 커다란 폐를 끼치고 면목이 없을 텐데 명절마다 우리를 데리고 주뼛거리며 찾아갔던 것은 큰 용기가 필요한 일이었겠구나. 아빠도 정말, 행복해지고 싶었구나.

어떻게 해도 더 나아지지 않는 인생이었더라도 아버지 또한 지금까지 줄곧 행복한 방향으로 삶을 붙잡고 싶어 하셨다는 것을 깨달았다.

생일날 횟집에서 아버지를 똑바로 보며 처음으로 우리에게 저지른 잘못을 선언했을 때 아버지는 엉엉 우셨다. 아버지가 우니까 나도 눈물이 쏟아졌다. 목이 메어 떨리는 목소리를 이겨 내려고 더 크게, 지금껏 쌓아 두었던 말을 간신히 해버렸다.

함께 운 것이 아니라 각자 같은 장소에서 운 것뿐이었지만, 그것만으로도 미안하다는 말을 들은 기분이었다. 하지만 나는 남은 인생 내내 아버지를 울린 것을 후회할 것이다. 어릴 적 한밤중 눈을 떴을 때 책상 위에 엎드려 울고 있던 아버지의 뒷모습을 본 적이 있다. 외로워 보였다. 두 번째로 아버지의 우는 모습을 보았다. 내가 울렸다.

우리를 맡겨 둔 할머니네 집으로 가끔 찾아왔다가 떠나 버릴 때, 내가 아버지에게 느꼈던 간절한 사랑을 기억해 냈다. 그것은 정말 견고하고 뜨거운 마음이었다. 아버지가 떠날 때마다 다리를 붙잡으며 울었던 우리는 사랑이 실패한 작은 방에 누워 천장을 오래 바라보았다. 무겁게 내리누르는. 무력하고 받아들여야만 했던 세계.

아버지, 앞으로도 저는 누가 저에게 큰 잘못을 하면 화를 낼 거예요. 살아가며 그래야 한다는 것을 배웠어요. 자꾸만 아버지를 이겨서 죄송해요. 자꾸만 져주셔서 감사해요. 어릴 때 우리가 함께 처음으로 마니산에 올랐던 날, 산에서 마를 캐는 법과 싱아 찾는 법을 가르쳐 주셨는데 지금은 다 까먹었어요. 왜냐하면 그게 우리의 마지막 소풍이었잖아요. 올해에는 함께 좋은 산에 오르고 싶어요. 그때는 기회를 엿보다가 원망한다는 말 대신 더 보드라운 말을 건네고 싶어요.

실연 후의
집

사랑하는 사람과의 모든 이별이 고통스럽지만 오래 기억되는 슬픔이 있다. 그때는 마음이 어지러울 뿐인데도 몸이 실제로 아프다. 유리로 만든 짧고 가느다란 섬유가 공기 중에 있어서 몸을 움직여도, 숨을 쉬어도 몸의 안과 밖으로 부딪히는 듯하다.

낮에도, 다시 밤이 되어서도 종종 가장 가까웠던 그 사람을 다시 부르고 싶어 애쓰지만, 꿈속에서도 얼굴을 돌리지 않을 뿐이다. 하지만 물끄러미 바라보면 언제나 아직 그곳에 있는 것 같아 계속 말을 걸고 싶고, 하지 못한 말들이 쌓여 갈수록 슬픔은 커진다.

그렇게 움직일 수 없을 때 집은 상처받은 동물이 틀어박힐 수 있는 동굴이 되어 준다. 끝까지 슬퍼할 수 있는 장소가 되어 준다. 내 인생에서 가장 좋은 것이 사라졌으니 앞으로는 다시 기뻐할 수 없을 것이라는 외로운 말들이 귓가에 울린다. 피할 수 없이 그 말을 가만히 듣는다.

시름시름 시들어 가는 나의 뒷모습을 누군가 찍어 준 적이 있다. 머리는 산발에 며칠 동안 갈아입지 못한 티셔츠는 초라해 보였다. 축 늘어진 어깨는 투명해지다가 곧 사라질 것만 같았다. 평소에 나에게 기쁨을 주었던 친구도, 즐거움도, 정말 깊은 고통 앞에서는 힘을 잃고 말았다. 깊은 곳까지 모두 앓으며 사랑에 너무 많은 것을 걸었던 스스로의 어리석음을 원망했다. 하지만 사랑에는 죄가 없다.

그저 맞지 않는 모양의 사람들이 서로 의아해하며 같은 시간에 맞물렸을 뿐이다. 그런 안타까운 사랑이 지난 후에도 고양되었던 아름다운 시절은 남는다. 사랑이 구원이라고 믿었던 옛날을 부끄러워하기도 했지만, 한 바퀴 돌아 생각하니 그것은 여전히 삶과 나를 잇는 접착제 같은 것으로 조금 안쓰럽기는 하지만 꽤 귀여운 갈망이 아니었나 생각한다.

무언가를 골똘히 원하고, 혼란과 두려움을 가만히 참아내는 일. 참아 낸 자리에 호수가 고이는 일. 호수에 달빛이 반짝이고, 부엉이가 푸드덕 날아 앉는 날을 기다렸다가 그곳에 우연히 찾아온 누군가와 다시 만나는 일. 그 모든 여정에는 영혼이 있다.

영혼은 있다. 살아 있는 내가 도시의 새벽에, 어느 나무 밑과 바다 곁에서, 그 모든 길 위에서 만들어 낸 뜨거운 마음에는 이름이 있어야만 한다.

참된 사랑을 하고 싶다는 열망은 진실한 삶을 살고 싶다는 소망과 연결된다. 한 사람을 떠올리며 하얀 대리석을 쌓아 만든 어느 유적지에도, 가마솥에 푹푹 익어 가는 감자 몇 알에도 공평하게 누군가의 진심이 있다. 곳곳에 영혼의 흔적이 모래알과 같이 포근히 깔려 있다. 그런데 어떻게 세상을 사랑하지 않을 수가 있지?

'사랑과 죽음'이 아니라 '죽음과 사랑'의 배열이 맞다고 느낀다. 죽음에 대항할 수 있는 무게를 지닌 것은 오로지 사랑뿐이기 때문에. 진실을 가려내는 무서운 냉소가 모든 속된 것을 파괴하고 난 밑바닥에서도 사랑만은 바짝 붙어 빛나고 있을 것이기 때문에. 그리고 그것은 냉소가 비워 낸 폐허를 은은하게 채울 것이다.

가끔은 나에게도 그것이 온몸을 관통하는 운 좋은 때가

있다. 그것은 찰나지만 유유히 흘러 삶의 틈새를 메운다. 사랑하는 무언가들로 자신을 지워 가는 것. 그것이 되레 삶을 사랑하는 얄궂은 방법인 것이 아닌가.

사랑을 잃고 집에서 마음껏 괴로워한 후, 근처의 좁은 길을 따라 종종 산책을 했다. 시장통을 지나도 조금 힘이 남아 있으면 기찻길을 따라 수목원까지 걸었다. 겨울이라 풍성한 것은 무엇도 없었지만 조금만 더 가면 시가 적힌 바위가 있는 동산이 있어서 그곳까지 힘내어 걸었다.

조금 더 움직일 수 있게 되었을 때 오키나와로 긴 여행을 떠났다. 우리나라는 한겨울이었지만 오키나와는 이미 봄이 지나고 있었다. 사람이 없는 섬의 해변에서 죽은 바다 거북을 보았다. 죽은 줄 모르고 다가갔기에 처음에는 놀라고 슬픈 마음이 들었지만, 자세히 보니 거북의 등껍질에 수많은 생명이 집을 만들어 오가고 있었다. 너는 죽어서 누군가의 집이 되었구나.

긴 여행을 마치고 다시 집으로 돌아와 가기 전과 무엇이 달라졌나, 조금 훑어보았다. 그동안 제때 물을 받지 못한 식물이 시들어 있었다. 알로카시아의 가장 커다란 잎은 볼품없이 쓰러져 죽어 가고 있었지만, 그것을 대신할 새로운 잎이 돋아나 있었다. 모두 담담하게 순환하고 있었다.

무언가 깨달은 밤이 지난 후 맞는 아침 햇살에는 마음에 맺힌 서러운 결정을 녹여 주는 힘이 있다. 내가 돌보지 못한 응달에 길게 닿는 따스한 은빛. 소파에 앉아 새로운 아침을 음미했다.

분거형
가족

손이는 올해로 12년을 함께한 나의 연인이다. 몇 번 헤어지고, 다시 몇 번 만나는 동안 시간이 그렇게 흘러 버렸다. 헤어질 때마다 이번에는 정말 끝, 이라고 생각했지만 아직도 곁에 있는 게 신기하다.

처음 만난 것은 제주도의 타시텔레 게스트하우스였다. 그곳은 외딴곳에 혼자 틀어박히고 싶어 하는 자유로운 영혼의 사람들이 주로 오는 곳이라 종종 재미있는 사람들을 만났지만 손이는 그중에서도 가장 새침한 사람이었다.

점잖았지만 들여다보면 하는 말이 다 웃겼다. 다큐멘터리 촬영으로 일을 시작하기 직전에 혼자 제주도로 장기 여행을 온 것이었다. 처음에는 그냥 흥미로운 동생이라고 생각했지만, 다음 날 반해 버렸다.

여행에서 만난 다른 친구와 함께 이른 아침에 셋이 따라비 오름까지 산책을 하던 길이었다. 간밤에 내린 비로 촉촉해진 길 위를 커다란 달팽이 한 마리가 지나가고 있었다. 차에 치일까 봐 달팽이를 천천히 들어서 나뭇잎 위로 옮겨 주는 것을 보고 마음속으로 '세상에'라고 외치며 반해 버렸다.

따라비 오름에 도착해서 다른 친구가 무슨 생각으로 그랬는지 갑자기 셋이 손을 잡고 강강술래를 하며 언덕을 올라가자고 했다. 갑자기 어제 만난 남자의 손을 잡다니, 유교 정신 투철한 나에게는 있을 수 없는 일이었지만 얼떨결에 손을 잡고 키 큰 풀숲길 사이로 강강술래를 하며 오름을 올라갔다.

몹시 쑥스러웠는데 그게 이상한 짓을 해서인지 방금 반한 사람과 손을 잡아서인지 모르겠다. 손에 땀까지 날 정도였지만 사회생활을 갓 시작한 7살이나 어린 사람과 연인으로 이어지리라고는 생각하지 못했다.

결혼 적령기, 적당한 조건의 남자들과 끊임없이 소개팅을 하던 시절이었다. 친구처럼 만날 때마다 재미있고 그의 이야기가 궁금했으면서도 손이의 고백을 모두 거절했는데 속으로 좋아하는 게 티가 났는지 계속 고백을 했다.

그러다 꿈을 꾸었다. 어느 폐광에서 손이와 함께 버려진 광산 열차를 타고 롤러코스터처럼 신나게 내려갔는데 덜컹거리는 나무통에서 내가 만세를 부르며 '네가 나에게 얼마나 큰 자유를 줬는지 몰라!'라고 외치며 환호성을 지르는 꿈이었다. 어처구니없게도 나는 그 꿈을 꾸고 이 사람과 함께하는 길을 선택해야 한다는 확신이 들었다.

순하고, 선하고, 맑은데, 조금은 비뚤어진 데다 이상한 구석이 있는 사람. 여리지만 굳센 고집의 이 아스파라거스 같은 인간은 다큐멘터리 촬영을 하는 사람으로 러시아의 툰드라 같은 곳에 원주민과 순록과 오로라를 찍으러 출장을 가버리고 석 달 후에 얼굴 피부가 시커멓게 벗겨진 채로 나타나는 사람이었다. 석 달 만에 나타나서는 히말라야에서 직접 돌을 깨서 주운 것이라며 천진하게 암모나이트를 선물했다. 잔뜩 화가 난 나를 달래려고 초난강의 '정말 사랑해요'를 완창하는 이 엉뚱한 사람을 싫어할 수가 없었다. 집에 도착해도 귓가에서 '괜찮아요, 괜찮아요, 괘앤찮아요'라는 노래 가사가 들려오는 듯했다.

그는 말을 담백하고 정성스럽게 한다. 자신이 느끼는 것 이상을 이야기하려 하지 않는다. 우스운 말을 하려고 덤비지 않지만 하는 말이 모두 나를 웃게 한다. 유머의 플랫폼이 같기 때문이다. 나는 그의 앞에서 마음껏 아이가 될 수도, 어른이 될 수도 있지만 우리 둘 다 그냥 일곱 살 정도에 머물기로 합의가 되었다.

유치한 말, 속 좁은 생각, 엉뚱한 행동 모두가 가능한 사람 앞에서 아무렇게나 까불 수 있는 자유. 이것이 내가 폐광의 수레를 타며 신나게 외쳤던 자유였나 보다.

그는 여전히 혹등고래나 대머리독수리를 촬영하러 이번 달에는 몽골에, 다음 달에는 통가에, 쫓아가고 싶을 만큼 부러운 곳으로 긴 출장을 간다. 다녀와서는 혹등고래와 대머리독수리의 이야기와 엉뚱한 노래로 그간의 부재를 만회할 것이다. 종종 방학을 하기 때문에 우리가 이렇게 오래 만나는 것일 수도 있다.

우리는 같은 지역에 살 뿐이고 결혼도 하지 않았지만 은은한 가족이라고 생각한다. '분거가족'이라는 용어가 있다는 것을 알게 되었다. 법적으로 묶여 있지도 않고, 따로 살지만, 우리끼리 가족이라고 생각되면 가족이 될 수 있는 것이었다. 나를 정서적으로 떠받치고 있는 단단한 테두리를 가족이라고 한다면 그 말이 더 선명해진다.

언젠가 함께 부여의 무령왕릉을 산책하며 내가 죽으면

고분을 만들고 그 안에 내가 좋아하는 비싼 외국 과일과 아귀찜을 그려 달라고 말했다. 까먹을 뻔하다가 성게알도 말했다. 손이는 자신도 그 옆에 함께 순장되어 있을 것이라고 말했다. 나는 상처가 많은 어른 여자니까 그 말을 다 믿지는 않고 우리가 어쩌면 다시 헤어질 수도 있다고도 생각한다. 그래도 이 순간만큼은 함께 묻힌 고분에 무엇을 그려 넣을지 상상하는 것을 즐기고 있다.

우리가 과연 함께 머리가 하얀 파뿌리가 될 수 있을지는 모르겠지만 광막한 슬픔에 빠지려는 나의 뒷덜미를 잡아채는 든든한 손길이 있다. '다녀왔습니다'라고 말할 수 있는 사람이 가족이라면 나는 그를 만날 때마다 어딘가에 다녀온 기분이 든다.

불안정 애착의 사람

납작한 동전 크기의 솜뭉치를 물에 올려 두면 쑤욱 자라는 물휴지가 있다. 그것을 볼 때마다 재미있고도 조금 서늘한 기분이 든다.

불안을 애써 다스리며 살아가는 사람에게 그것은 좋지 않은 복선이나 은유처럼 느껴지기 때문이다. 나에게 설마 그런 일이 일어나겠어? 라고 생각했으나 결국 일어나고야 말았던 경험을 가진 사람들은 작은 일에도 잿빛 징후를 발견하는 습관이 있다. 어두운 미래로 앞질러 가서 미리 주저앉아 버리는 것이다.

미술 치료 학원에 다녔던 뚜앙이가 비가 올 때 내 모습을 그려 보리고 했다. 치분히게 내리는 봄비 속에 내 몸보다 훨씬 커다란 우산과 우비와 장화를 신은 그림을 그렸다. 한가운데에는 비가 고인 물웅덩이를 넓게 그려 넣었다. 미술 치료에서 쓰이는 검사 항목의 하나였는데 스트레스의 강도와 대처능력을 알아보는 것이라고 했다.

뚜앙이도 배운 지 얼마 안 되어 그저 재미로 해봤던 것이라 별다른 해석은 해주지 않았지만, 마음에 고인 물웅덩이 같은 상처에 나름대로 잘 대처하고 있다는 의미로 받아들였다.

한편으로는 내가 가벼운 봄비 같은 스트레스에도 모든 수단을 동원해서 자기방어를 하는 과민한 사람이었던가, 하고 혼자 반성하기도 했다.

진짜 결과는 여전히 미궁이지만 확실한 것은 애정에 관해서는 여전히 작은 불안에도 큰 스트레스를 받는다는 것이다. 애착 검사를 해보면 아슬아슬하게 안정형 애착이 나오지만 스스로는 불안정 애착의 경계에 있다고 생각한다. 예전에는 내가 생각해도 완전한 불안정 애착이었다. 사랑이 사라질지도 모른다는 두려움을 이겨 내는 것에 엄청난 에너지를 쏟았다. 늘 할 수 있는 만큼 표현하고 표현 받고 싶었다. 그런 나를 견뎌 주고 오래 참아 준 지난 연인들을 새삼 미안하고 고마운 마음으로 떠올릴 때가 있다.

손이와 함께 긴 시간을 함께할 수 있었던 이유는 불안정 애착의 사람으로서 정체성을 숨기지 않고 정직하게 말할 수 있기 때문이다. 그가 심드렁해 보여서 불안할 때는 '나 지금 눈치 봐'라고 말하며 째려보고, 질투가 날 때는 '너무너무 질투 나. 머리털 죄다 뜯어 놓을 거야.'라고 씩씩거리며 말한다. 사랑한다는 말이 필요할 때는 다섯 번 연이어 말해 달라고 한다. 최대한 가볍고 얄밉지 않게 말하느라 조금 귀여운 척을 해야 하지만, 나는 귀여운 척이 잘 어울린다. 적어도 의연한 척하느라, 어른스러운 척하느라 속이 문드러지지는 않는다. '그래, 나 불안정 애착이다. 그래서 뭐.'라는 조금 뻔뻔한 태도라고나 할까?

예전에는 원하는 것을 곧바로 구체적으로 말하지 않고 시험에 들게 했던 것 같다. 영화나 책에 나오는 '서로의 존재를 구원하는 진짜 사랑'에 많은 의미를 부여하며 그에 닿지 못하는 것에 대해 좌절했다.

애정을 갈구하는 어린아이 같은 마음은 요즘도 종종 튀어나온다. 하지만 천천히 벗어나고 있다(고 생각한다). 연애에 마음이 너무 기울어 또 소용돌이에 빠질 것 같을 때는 애정이 아닌 다른 욕망에도 정성을 기울인다.

나에게는 아직 평정심이 부족해서 이렇게 새로운 것을

저울에 올려 두는 방법으로 기우뚱기우뚱 균형을 맞추며 살아간다. 예전에는 고통을 발견한 장소에서 그대로 굳어 있는 시간이 길었는데 요즘은 조금씩 나아지고 있다.

특히 책방에 출근하는 것이 큰 도움이 된다. 조용한 나의 일터에서는 무어라도 해야 할 것 같은 기분에 휩싸여서 이런저런 작은 결심을 실천하는데, 그러는 동안 배회하던 마음이 다시 안전해진다.

집과 함께하는 시간도 그렇다. 어린 시절에는 집이라는 공간이 단순히 외부에서 주어진 환경이었다. 게다가 어떤 집이 좋은 집인가에 대한 기준도 외부에서 주어진 것을 그대로 믿을 수밖에 없었다. 그렇게 주어진 모든 것들에 속수무책으로 끌려갔다. 사람들이 말하는 좋은 집과 가정의 모습은 내가 가진 것으로는 도무지 이룰 수 없어서 그저 부러움과 무력감으로 어깨가 내려앉았다.

그러다 어느 순간에 라이프 스타일 책 속에 나오는 집을 단정하게 꾸미고, 취향과 환경과 인류 모두를 생각하며 부지런히 살아가는 사람의 모습은 그냥 그 사람이 선택한 방식일 뿐이라고 생각하게 되었다. 분명 보기에도 멋지고 닮고 싶은 점도 있지만 어디까지나 그에게 맞는 모양일 뿐이다. 유행처럼 모든 것을 버리지 않아도, 행주를 삶고, 설거지 물 자국을 바로 닦지 않더라도, 무리하지 않고 즐겁게 애쓰며 만드는 만족스러운 상태가 나의 기준이 된다.

나에게는 내가 가진 것에 맞는 균형이 있다. 어느 정도까지가 기분 좋은지 가늠하며 돌보다 보면 어느새 우리 집은 외부에서 주어진 것이 아니라 오롯이 내가 만들어 낸 내부에 있는 장소가 된다. 부족한 풍경이지만 '그래서 뭐, 그래서 뭐.'라고 생각한다.

자기 전에는 핸드폰을 무음으로 해둔다. 아침에 일어나 보니 간밤에 손이에게 전화가 세 통이나 와 있다. 서둘러 전화를 걸어 보니 어젯밤 꿈에 내가 나와서 '이제 네가 싫어졌어.'라고 말했는데 마음이 아팠고, 그것이 꿈인지 생시인지 아리송하기까지 해서 전화를 했다고 한다.

내가 불완전한 것처럼 그도 자기 자신에게 견뎌야 하는 부분이 있다. 살아오며 갖게 된 결핍을 결국 우리의 일부로 받아들이며 품고 살아간다.

우리 모두가 각자의 상처를 안고 만나서 유일한 모양의 관계가 되어 간다. 그 모습조차 어느 부분은 잉성할 것이다. 세상에 완벽한 사람은 없고, 완벽한 집도 없지만 조금씩 모자라게, 어쩔 수 없는 부족함을 쉽게 용서하며 살아가겠다. 나에게도, 너에게도 있는 이기적임과 지질함을 귀여워하며 웃어넘길 것이다. 잘 이어 갈 수 있다. 나아가다 보면 때로는 완벽한 순간과 하이파이브를 하고 지나칠 때가 있을 것이다.

너무
늦지 않은
초대

많은 것이 변했다는 사실이 느리게 덮칠 때가 있다. 주변이 변해 가는 하나의 사건이 들려오는 순간은 택시로 이동 중이거나, 기다리던 드라마가 시작하기 직전이거나, 다른 고민으로 도무지 마음의 여유가 없을 때라 고개를 몇 번 끄덕이는 동안 이미 덤덤해지기도 한다.

아, 결국 그렇게 되고 말았네, 그럴 줄은 몰랐지만 어쩔 수 없지. 한참 후에야 그것이 우리의 인생에서 중요한 갈림길이었다는 사실을 알게 되고는 씁쓸해진다.

용서할까 말까 했던 얄미운 사람에게 용서한다고 말할 시기가 아예 지나가 버렸음을 깨닫는 순간, 뒤늦게 누군가에 대한 고마움을 깨닫고 혼자 주뼛거리는 순간, 좁고 게으른 시야로 이해되지 않던 일들이 갑자기 본모습을 드러내어 고개를 주억거릴 때가 찾아오지만 우리가 이제는 서로의 인생에서 완벽히 접혀 다시 펼칠 수 없는 사이가 되었다는 사실도 함께 깨닫게 된다.

서로를 알았다는 열기에 들떠 모든 것을 궁금해했던 시기가 지나고 몇 번의 어긋남 후에, 조금의 긴 무관심 후에, 엷은 두려움과 야속함 뒤에 사람들은 한때의 이름으로 남는다.

우리가 서로에게 전화할 수 없는 사이가 되었음을 알게 된다. 바로 얼마 전의 생생한 일인 줄 알았는데 우연히 그때의 사진을 보면 이미 닫힌 시간으로 색이 바래져 있음에 흠칫한다.

시험이 끝난 후 귀여운 나들이를 가겠다고 버스 뒷자리에 왁자지껄 올라탔던 친구들. 외로운 자취방에서 나와 지하의 호프집 문을 열고 들어서면 손을 흔들어 맞아주었던 대학 친구들. 단짝 친구와 함께 이루어지지 않은 서로의 짝사랑을 한탄하며 함께 노래를 만들었던 겨울의 밤, 종이 간판을 펄럭이며 장난처럼 열었던 북극서점에 지금은 떠난 동업자와 함께 앉아 키득거리던 날들, 느슨히 아는 사이지만 좋아하는 것에 대해 열중해서 떠들던 동호회 사람들.

만났기 때문에 일어났던 좋은 일과 나쁜 일들 모두를 대부분 잊고 산다. 용암처럼 흘러간 많은 것들이 멈추어 돌로 굳어졌고 나는 멀리 걸어왔다.

그런 밤에는 골똘히 생각한다. 무엇이 나의 현재일까? 아직 노력할 수 있는 유연한 나의 지금은 무엇일까? 전화하기에 너무 늦지 않은 사람, 선물하기에 너무 늦지 않은 사람은 누구일까?

여행을 다녀온 보라차가 멜론빵과 소금빵을 가지고 책방에 들렀다. 보라차는 오래된 동네 친구다. 우리는 서로에게 근래 있었던 불안과 커다란 뉴스를 말해 주었다. 건강하고 다정한 사람과 대화를 나누니 그간의 많은 일이 지나간 페이지로 술술 잘 넘어가서 무사한 옛날이 된다.

보라차는 누군가와 아주 친밀한 관계를 갖기보다는 여럿과 두루두루 가볍게 친교를 나누는 사람이다. 그런 산뜻함이 그녀의 매력이고 주변에 그 무해함과 다정함을 사랑하는 사람들이 모여든다. 사람에 대한 존중으로 쉽게 재단하지 않고 평범한 누구에게라도 배울 점을 찾는 겸손함까지 가지고 있다.

나는 좀 다르다. 언제나 가장 친한 친구라고 말할 수 있는 극소수의 친구가 있었다. 가볍고 외향적으로 보이는 겉보기와 달리 사실은 마음을 열기 어려워 인간관계가 매우 좁다. 천천히 고쳐 가는 중이지만 정말 잘 맞는 몇몇 사람만을 필요로 하고 다른 사람들은 그저 훈훈한 이웃이 되거나 멀리서 속으로만 흠모해 왔다.

좋아하는 사람 한두 명과는 그가 지겨워할 만큼 연결되고 싶다. '무게중심이 많은 사람, 혼자서도 행복할 수 있는 사람, 고독과 친구가 되는 의연한 사람'이라는 현대의 인간상에 따라 노력을 해보지만, 곧잘 실패하고 늘 좋아하는 사람들과 찰싹 연결되고만 싶다. 자신의 언덕 위에 높은 분지를 두고 그곳에서 쉬는 사람. 그가 그곳에 올라서서 슬픔을 오롯이 견디는 시간을 떠올리면 나도 함께 그곳에서 이야기를 들어주고 싶다.

보라차는 부산 여행을 가서 방음이 안 되는 숙소에 묵었을 때 이야기를 해주었다. 불안한 기분이 들어 넷플릭스 명상 프로그램을 틀어 놓았는데 마음이 편안해지는 사람의 얼굴을 떠올리는 장면이 있었다고 한다.

남자는 그녀의 짝꿍을 떠올렸고 여자는 나를 떠올렸다고 한다. 내가 그만큼 중요한 사람이었구나, 자기 혼자 생각했다고 말해 주었다.

나는 부사를 한껏 써서 기쁨을 표현해 주었다. 너무 좋지. 너무 고맙고 기쁘지. 내가 너에게 소중한 존재라니. 너도 나에게 소중한 존재라니. 그것은 참 신기한 일이구나. 그게 너무 기뻐.

보라차의 생일이 되어 무엇을 해줄까 고민을 했다. 사실은 평소에도 주지 못한 선물이 많다. 스콘을 좋아하는 것이 생각나서 너무 많이 사버렸는데 뭔가 쑥스러워서 영영 주지 못한 적이 있다. 예쁜 볼펜을 사면 나눠 쓰고 싶어서 몇 개를 더 사지만 괜히 보답하려고 무리할까 걱정이 되어서 특별한 날 한 번에 줘야지, 생각하고 서랍 속에 넣어 뒀다가 잊어버리기도 했다. 쫄보의 생활 회로는 그렇다.

냉동 랍스터 홈쇼핑에 홀려서 가족과 함께 먹으라고 생일 선물로 결정해 두었는데 몇 마리를 사놓고 먼저 먹어 보니 먹을 것도 없고 맛도 그냥 그래서 포기해 버렸다. 대신 집에 초대해서 빠에야를 만들고 랍스터 껍질을 벗겨 그 위에 살짝 올려 주었다. 그 순간의 배와 마음을 채우고 사라지는 선물이지만 먹보 소시민은 자기가 좋아하는 것을 선물하는 고양이의 마음으로 혼자 뿌듯해한다.

아끼는 사람에게 해주기 좋은 요리로는 각종 솥밥이

있다. 전복이나 굴, 유부와 게맛살, 거기에 참기름과 간장이면 누구라도 우쭐거리는 맛을 낼 수 있다. 빠에야는 토마토소스와 해산물만 있으면 누구라도 실패할 수 없는 외국 솥밥이라고 할 수 있다.

예전에 뚜앙이의 깜짝 생일 선물로 첫 컵케이크를 만들어서 은박지에 담아 간 적이 있는데, 에이리언이 갓 튀어나온 알의 흔적이 떠오르고 헤비메탈 음반의 표지로도 쓸 수 있을 것 같은 메이드 인 저승 케이크가 되어 버렸다. 그다음 케이크는 겉모양만큼은 이승의 음식으로 손색이 없었지만, 설탕을 깜박하고 빼먹어서 둘 다 매우 곤란한 입장으로 최선을 다해서 먹었던 기억이 난다. 어디서 본 것도 있고, 정성도 충분하나 구조와 치밀함이 한참 부족한 대접이었다.

스스로에 대한 위생 관념이 지나치게 너그럽고, 마음이 지칠 때 집안일에 손을 놓아 버리는 가풍을 이어 가는 내게 집이라는 공간은 늘 콤플렉스였지만, 좋아하는 사람들을 초대하기 시작하면서 집을 돌보는 일에 더욱 적극적으로 변했다. 처음에는 초대하기 전날에만 한참 대청소를 했지만 더 당당하게 맞이하고 싶어서 평소에도 조금씩 정리를 하기 시작했다.

빨강머리 앤이 친구 다이애나를 초대하며 집에 잔뜩 힘을 주지만 우당탕탕 실수를 저지르고 절망에 빠지는 에피소드를 좋아한다. 하지만 그보다 더 아끼는 장면이 있다. 앤이 자기만의 비밀 장소에 다이애나를 초대하는 풍경이다. 무성한 숲속의 동그란 평원, 그루터기에 앉아 앤이 혼자만의 평화를 느끼던 곳이다. 고아로 자라 마침내 입양되어 정직한 가정의 구성원이 되지만 아직은 조심스러웠을 초록 지붕 집보다 그때만큼은 그곳이 진짜 앤의 집이 아니었을까?

그곳에서 앤은 무척이나 자연스러워 보인다. 그러니까 조금 초라해도 나에게 정말 아늑한 장소라면 그곳은 가장 초대하기 좋은 집이다.

모든 것이 준비된 집에서 어색하고 우아한 모습으로 잘 거른 말들을 주고받는 것도 설레는 일이지만 긴장하던 친구가 어느 날인가부터 조금 너저분한 우리 집에 양말을 벗고 대자로 누워 있는 모습을 보게 되면 감회가 새롭다.

겹겹의 초대가 허문 것들이 구체적으로 무엇이었는지는 잘 모르겠다. 잘 모르는 사이에 너와 나, 그리고 집 사이에 난 길이 조금씩 넓어지는 것이 기분 좋다.

충격적으로
나누어 주는
사람들

가끔 누군가 보고 싶자마자 '보고 싶다' 하고 길거리에서 실제로 중얼거리는데 이런 것은 아무에게도 전해지지 않으니까 아쉽기는 하다.

멈춰 서서 잠시 그리워하다가 곧 사라진다. 맴돌다 사라지는 마음이 많을수록 뭔가 잘못 살아가고 있다는 것인지도 모른다. 하지만 어쩌면 사라지는 것이 아니라 잘 모여 있다가 더 멋지게 터트려지는 것일지도 모르니까 그냥 좀 모아 두었다가 만나면 잘해 줘야지, 생각하는데. 어쩌면 그냥 소심하고 게으른 생각일까.

함께 있을 때보다 멀리 떨어져 있을 때 누군가의 참모습이 드러난다는 말을 들었다. 상대의 상황을 얼마나 배려해 주는가, 서운하지 않게 다정함을 표현해 주는가, 등등 생각해 주어야 할 것이 많으니까.

나는 어떤 쪽인가 하면, 참모습이니 뭐니 이런 것까지 평가받다니 귀찮고 비뚤어지고 싶다고 생각하는 쪽. 역시 맴돌다 사라지는 마음이 많을수록 무언가 잘못 살아가고 있는 것 같지만 깊은 눈빛과 약간 들뜬 목소리로 전해 주는 고양된 마음은 맴도는 그곳에서 나오는 것 아닌가, 하고 혼자 합리화한다.

책 『고르고르 인생관』을 함께 만든 출판사 어떤우주의 류 대표님은 내가 알지 못했던 종류의 사람이다. 순무 김치를 열 번도 훨씬 넘게 받고 말았다. 아낌없이 주는 나무가 두 다리를 얻고 사람이 되었는가 싶게 자꾸만 뭘 안겨 주신다. 나이도 한 살 차이밖에 나지 않아서 우리는 서태지와 슬램덩크가 무엇인지 함께 아는데 나는 이런 엄청난 나눔의 풍경을 TV에서만 보아 왔다.

조건 없는 지지와 응원을 받아 온 사람의 눈부신 일상일 수도 있겠지만, 풍파를 이겨 낸 사람의 도달할 수 없는 경지일 수도 있다. 아니면 그저 누군가에게 자연스럽게 보고 배운 담백한 일상일 것이다.

우리는 아직 서로의 내면이 어떻게 이런 무늬로 직조되었는지 충분히 알지 못하지만 만나면 맑은 마음으로 헤

헤 웃을 수 있는 예의 바른 관계다. 하지만 이 사람의 나눔 문화는 지금도 나에게 적잖은 충격을 주고 있다. 관찰해 본 결과 주변 사람들도 다 그렇다. 우리가 함께 북페어에 나가는 날, 시어머니는 우리가 함께 먹을 김밥을 싸주시고, 시아버지는 전시용 가구를 만들어 주신다. 남편분인 차 군은 어떤우주 출판사의 명예 부장님인데 몇 시간이 넘도록 운전을 하며 휴가를 반납하신다.

예전 직장의 동료였던 설아 씨도 크고 작은 행사마다 함께하며 척척 일을 하고, 이전 직장에서 대표님이 담당했던 우지현 그림 작가님은 북페어 장소까지 세 시간에 걸쳐 오셔서 만나는 사람마다 어머님이 직접 농사지어 수확한 깨와 상추와 팥을 나누어 주신다.

이건 좀 너무했다. 나는 쫓아갈 수 없이 두 손 두 발 다 들었다. 받은 만큼 줄 수 없어지고 말았다. 처음에는 쩔쩔매고 자괴감이 들었지만, 지금은 이 상황에 맞닿아 있다는 것을 인정하기로 했다. 나를 자연스럽게 내버려 두고 무척 낯선 이 문화에 물들기를 기대하고 있다.

대표님이 집에서 술 한잔하는 것을 좋아한다는 정보를 알게 된 이후에 장을 보다가 술안주가 될 만한 것은 두 통을 사게 될 때가 있다. 하지만 역시 전해 주지 못한 채로 모두 냉장고에서 유통기한이 지나 버렸다.

제주 여행을 할 때 천혜향이 맛있길래 두 상자를 사서 하나는 우리 집으로, 하나는 대표님네 집으로 보냈다. 집에 도착한 상자를 뜯어 보니 몇 개는 벌써 상하고 아직 신맛이 났다.

새로운 문화를 익히는 데에는 시간이 걸린다. 집에 무언가를 들여오고 저장할 때 우리 가족이라는 테두리를 넓혀 타인까지 생각해서 셈하는 법을 느리게 배우는 중이다.

아버지가 강화도에서 친구와 재미로 고구마 농사를 짓는다. 어쩌다 보니 나에게도 고구마 한 상자가 생겼다. 이제는 주고 싶은 사람들이 떠올라서 자신 있게 받았다. 고구마 상자를 받자마자 꼭 나누어 줘야겠다고 결심하고 얼굴에 열이 오르도록 기뻤다.

대표님네 놀러 갈 때 비닐봉지에 꾹꾹 담아가는 발걸음이 가뿐했다. 보라차에게도 갑자기 생각난 듯 처치 곤란이라고 엄살을 부리며 나눠 주었다.

보라차는 고구마를 삶아서 사랑하는 강아지 소정이와 함께 나누어 먹었다는 만화를 그렸다. 내가 지금껏 받아온 것들을 되새겨 본다. 사람들에게 무언가를 나누어 주면 사람들의 머리 위로 다음을 향해 흘러간다. 흐르는 것이 자신의 머리 위를 스치면 눈을 동그랗게 뜨고 알아챌 수 있을까?

+ 덧.

대표님은 요즘 인생관이 바뀌어서

최대한 덜 주고받기 위해 노력 중이라고 하십니다.

마음껏
사랑할 수 있는
고양이

금동이가 동그랗게 햇빛 아래에 누워 있으면 나도 그 위에 포개어 엎드린다. 보드라운 뺨에 얼굴을 맞대면 그르렁 그르렁 숨소리가 들린다.

나는 종종 미래의 시점으로 현재를 보는 버릇이 있다. 언젠가 깊이 사랑하는 금동이를 만날 수 없게 되면, 나는 간절하게 이 따뜻한 몸을 다시 한번 안고 목소리를 듣고 싶을 것이다.

금동이를 안을 때, 미래의 내가 잠시 이곳에 와서 그렇게 간절히 바라던 소원을 이루는 순간이라고 생각해 본다. 살아 있음이 안심되는 숨소리를 들으며 우리가 깊이 사랑하는 현재에 생생하게 머물 수 있다.

하루에 세 번은 넘게 금동이에게 사랑한다고 말한다.

어느 날은 열 번도 넘게 진심을 담아 말할 때도 있다. 아무래도 우리는 서로의 말을 잘 모르니까 열 번은 말해야 안심이 되기도 하고, 사랑한다고 이렇게나 마음껏 말할 수 있는 대상이 있다는 것에 신이 나서 계속 말한다.

우리가 둘 다 사람이었다면, 그래서 서로의 언어를 아주 잘 안다면 어려웠을 것이다. 연인이나 자식에게 매일 하루에 열 번씩 사랑한다고 말하면 어떤 일이 일어날까? 결과를 알아보는 실험을 굳이 해보지 않더라도, '이제 적당히, 그만'이라고 말하는 날이 오지 않을까? 그러니까 지겹도록 사랑한다고 말할 수 있게 허락해 주는 존재에게는 정말 고마움을 느낀다.

고양이는 어째서 인간과 함께 살게 된 것일까. 물론 고양이는 귀여우니까 인간이 먼저 같이 살자고 먹을 것으로 꾀었겠지만 호기심 많은 고양이로서도 지구의 동물 중 이상한 짓을 가장 많이 하는 인간 옆에 있는 것이 나쁘지 않은 선택일 것이다.

나는 큰소리로 엉엉 울다가도 다음 날이면 일어나 줌바 댄스를 추고, 내 동생은 탈모를 방지하는 헬멧을 뒤집어 쓰고 라면을 먹는다. 고양이 입장에서는 '대체 저 인간은 왜 저러나' 싶어 눈을 뗄 수 없는 존재일 것이다.

고양이는 재미와 게으름의 동물. 금동이는 공놀이를 좋아한다. 조그만 공을 굴리면 쫓아가고 다시 물고 와서 던져 주기를 기다린다. 거실 끝부터 드리블을 시작해서 작은 테이블 아래로 골인을 시킨다. 가장 흥분하는 것은 역시 잡기 놀이. 갑자기 우다다다 도망가면 내가 잡으러 가줘야 한다. 내 차례가 되면 금동이가 쫓아올 수 있도록 발끝으로 도망가서 문 뒤에 숨는다.

불을 끄고 잘 준비를 하면 금동이는 인형을 모아 둔 바구니에서 자기 기분에 따라 하나를 골라 집 안 여기저기에 둔다. 자고 있으면 조용히 침대 맡이나 방문 앞에 두고, 깨어 있으면 으르릉 소리를 내며 의기양양하게 가지고 온다. 배가 고플 때는 왜인지 종종 헝겊 인형을 먹이통 안이나 근처에 놓아둔다. 일종의 현찰 같은 것이다. 내가 인형을 잡아 왔으니 진짜 밥을 내놓으라는 나름의 언어다. 가끔은 찌푸린 얼굴로 수건이나 매트를 감싸 안아 분노의 뒷발차기도 연습한다. 그럴 때는 나를 저렇게 패고 싶다는 건가, 생각하기도 한다.

책상 위의 보스턴 고사리를 와작와작 씹어 먹는 금동이. 부드러운 단감, 순대의 간, 참외의 하얀 속을 좋아하는 금동이. 덕분에 여름에 참외를 보면 금동이가 생사나서 한 소쿠리를 기쁘게 사갈 수 있다. 마음껏 사랑을 받아 주기 때문에 마음껏 사랑할 수 있다. 누가 더 사랑하는지 따지지 않고, 망설임과 부끄러움도 없다. 금동이를 품에 조심스럽게 안고 서로 물끄러미 바라보는 시간에 나는 아주 단순해진다.

'내가 얼마나 사랑하는지 알지? 하늘만큼 땅만큼이야. 말로 다 못 해.'라고 말한 후에 직접 지은 엉터리 노래를 불러 준다.

'얼마나 얼마나 사랑을 하는지, 얼마나 얼마나 좋아를 하는지. 얼마나 얼마나- (반복)'

멋진 옷을 입거나, 멋진 말을 하거나, 멋진 능력을 갖추어 사랑받고 싶어 하는 열망은 인간으로서의 오랜 습관이라 끊어 내기 힘들지만, 막상 관심을 받게 되면 겁이 나거나, 상대에게 부담이 되지 않을까, 지루해하지 않을까, 생각이 많아지기도 한다.

투명하게 주고받는 단순한 사랑, 아무 생각도 없는 그냥 사랑, 나와 금동이.

자려고 방에 들어와 이불을 덮으면 금동이도 쪼르르 따

라와 발치에 몸을 둥글린다. 응당 그래야 한다는 듯 잘 준비를 한다. 꼬물꼬물 발가락을 움직여 금동이의 따스한 몸에 닿는다. 나와 언어도 종도 다른 생명의 등을 감싸 안는다. 가만히 내어 준 동물의 등. 그 순간은 보드랍고 경이롭다. 우리는 이렇게나 다른데 어떻게 서로를 이렇게나.

요즘 금동이는 꿈만 꿔도 배가 고파지는지 이른 새벽에 밥을 달라고 조를 때가 있다. 해가 막 뜨려고 하는 푸른 새벽에 졸음을 이기고 주섬주섬 고양이 밥을 그릇에 담아 준다.

늘 같은 것을 먹는데도 이렇게 놀라운 맛의 음식은 평생 처음 먹어 본다는 듯 하부작 하부작 얼마나 잘 먹는지.

금동이는 그저 금동이가 되기만 하면 된다. 다른 무언가가 될 필요는 없다. 매일 밥 한 톨 안 남기고 열심히 먹으며 더 커다란 금동이가 되어 간다.

영화 「앙: 단팥 인생 이야기」에는 나병을 앓게 되며 어린 시절부터 격리시설에 갇혀 가족들로부터 버림받은 채 살아온 할머니가 나온다. 영화 속 할머니의 대사처럼 '아무 잘못 않고 살아가는데도, 타인을 이해하지 못하는 세상에 짓밟힐 때가 있는' 사람이다. 높은 벽을 사이에 누고 사랑하는 존재에 닿을 수 없는 병이라니 서럽고 잔혹하다.

병이 낫고도 격리시설에서 살아가던 할머니는 동네의 단팥빵 집에서 정성스럽게 단팥을 만들며 세상과 처음으로 이어진다. 자신이 만든 단팥빵을 먹는 아이들의 이마를 바라보며 오랫동안 유예되었던 사랑을 비로소 세상에 전할 수 있게 된다.

할머니는 죽음을 앞두고 말한다.

'우리는 이 세상을 보기 위해서, 세상을 듣기 위해 태어났어. 그러므로 특별한 무언가가 되지 못해도 우리는, 우리 각자는 살아갈 의미가 있는 존재야.'

밥그릇 옆으로 떨어진 마지막 한 알까지 기어코 찾아 먹는 금동이의 동그란 이마를 바라본다. 밥 먹는 소리를 들으며 금동이가 아직 건강히 살아 있다는 것을 음미한다. 금동이는 정말 장하구나. 작고 오롯한 생명.

어스름이 진 새벽에 고양이와 함께 앉아 우리는 모두 밥만 잘 먹어도, 누군가 마음껏 사랑할 수 있도록 머물러 주는 것만으로도 장한 존재라는 것을 기억한다.

나의
첫 고양이
소룡이

퇴근길 농협 앞에서 직원 네댓 명이 축 늘어진 지저분한 고양이를 둘러싸고 난감해하고 있었다. 은행의 좁은 환기구에 갇힌 고양이를 119까지 불러 구출했는데 살 곳이 마땅치 않았던 것. 언젠가 우연히 내 고양이를 만나면 무조건 데려와야겠다고 생각했는데 바로 너였구나. 너의 고향은 농협. 혼자서 무술 연습을 계속하니까 이제부터 네 이름은 소룡이.

고양이 소룡에게

내가 만일 너처럼 내 키의 다섯 배쯤은

거뜬히 뛰어오를 수 있고, 조금만 힘내도

빨리 달릴 수 있고, 조금만 힘줘도 손톱이 핑 나온다면,
그래서 벽도 막 기어오를 수 있다면,
그런 초능력이 있다면, 그래. 나도 너처럼 그렇게
정신없이 온 데를 다 휘젓고 다닐 거야.
그리고 몸집만 컸지 털도 없는 인간이 징그럽고
괴상하게 보일 수도 있을 것도 같구나.
그래도 내 손은 너의 적이 아니야.
아프지는 않지만 그렇게 너무 열심히 고개까지 흔들며
깨물지는 말아 줄래?
우리가 아직 그렇게 친하지는 않은데도 아침에 일어나
방문을 열고 나왔을 때 제일 먼저 달려 나와 줘서 고마워.
그런데 나를 반가워하는 줄 알고 다가가면
왜 갑자기 어이없는 눈빛으로 다시 도망가는 거야?
아름다운 소룡아.
문방구 초록 구슬 같은 너의 눈과
동그랗게 귀여운 입을 좋아해. 만지면 폭신한 발바닥은
말할 것도 없지. 도통 무슨 생각을 하는지 알 수 없는
표정도 재미있다고 생각해. 네가 무술 연습할 때는
그 근면성실함에 박수를 보내고 싶어.
그러니 소룡,

앞으로도 우리 일관성 있는 관계를 위해 노력하자.

나는 너를 무척 예뻐하고 있어.

- 너의 첫 인간으로부터

소룡이는 길고양이의 습성을 버리지 못해서 집에만 있을 수 없었다. 밖으로 나가는 문을 열어 주지 않으면 밤새도록 울었고, 나가면 꼭 다시 돌아왔다.

동생과 내가 출근을 하면 함께 나갔다가 퇴근길에는 집 근처 덤불에서 갑자기 툭 튀어나와 함께 집으로 들어오기도 했다.

밖에서 비둘기를 잡아 오고, 참새와 생쥐, 매미, 귀뚜라미 등 많은 생명체들을 죽은 채로, 혹은 반쯤만 살려서 자랑스럽게 집에 던져 놓았다. 반쯤 살려둔 것이 들어오면 인간들은 더 혼비백산했다. 동네 골목대장이기도 해서 창가에 누워 있으면 근처 고양이들이 와서 놀자고 졸랐다. 어느 날은 얼룩 고양이를 집 안까지 데리고 와서 자기 밥을 먹인 후 돌려보냈다. 주저하는 친구를 몇 번이나 설득하며 조금씩 집 쪽으로 이끄는 모습이 정말 대견했다.

안타깝게도 단독주택에서 높은 층의 빌라로 이사를 하고부터는 외출을 허락할 수가 없었다. 소룡이는 목이 쉴 정도로 밤새 문 앞에서 울었다. 꼭 가야 할 곳이 있다는 듯, 지칠 때까지 목청껏 울었다.

동생이 생기면 새로운 관심거리가 생기고 덜 외로울 것 같아 제주도에서 만난 금동이를 비행기로 데리고 왔다. 일곱 살이나 먹은 아저씨 고양이 소룡이는 어린 아기 금동이를 품에 꼭 안고 보살펴 줬다. 금동이가 위험한 것을 먹으려고 하면 펀치를 날리기도 했지만 싫어하는 기색 없이 맞아 주었다.

조금씩 안정을 찾아가는 것 같아서 안심하던 것도 잠시, 여전히 밤이 되면 문을 열어 달라고 울었다. 어쩌면 인간과 함께 사는 내내 이곳이 자신의 장소라고 생각하기 힘들었던 것일까?

그러던 어느 날 소룡이가 사라졌다. 우리가 외출했을 때 욕실에 들어갔다가 바람에 문이 닫혔는지 나오지 못하고 욕실 방충망을 뚫고 나간 것이다. 종일 갇혀 있다가 애써 탈출한 듯했다.

집 주위를 오래도록 찾아다니며 이름을 불렀지만 찾을 수 없었다. 예전에 살던 집과 가까웠기 때문에 소룡이의 구역이었던 곳을 찾아봤지만 역시 만날 수 없었다. 밖에 있을 때 행복해했던 것을 알고, 길고양이로서 나무랄 데

없이 잘 지낼 수 있는 능력이 있다고 스스로 다독여 보았지만 오래도록 그립고 걱정이 되었다.

밤새 비가 오던 날, 금동이가 많이 울어서 몇 번이나 잠에서 깨었다. 아마도 멀리 어딘가에서 비를 맞는 소룡이의 울음소리를 듣고 안타까워서 함께 울어 준 게 아니었을까, 혼자 생각했다. 그렇게 생각하니 아주 멀리서 우는 소리가 작게 들리는 것도 같았다. 금동이가 계속 울었다. 내가 여기 너의 목소리를 듣고 있다고, 내가 지금 너를 걱정하고 있다는 대답처럼 들렸다.

비는 어디서 피할지, 상한 음식을 먹고 아파하지는 않을지, 겨울이 되면 추위 속에서 힘들진 않을지 걱정이 되었다.

강한 고양이 이소룡. 괜찮아. 비가 그치면 온 데에 은행나무가 노랗게 변하고 그 사이를 헤치고, 냄새를 맡으며 너는 어디든 갈 수 있겠지. 겨울에 너무 추울 때는 이곳을 기억해 냈으면 좋겠는데, 아마도 떠올리지 못하고 다시 살아갈 방법을 찾아낼 거야. 그래도 비를 맞고 울 적에는, 누군가 멀리서 그 소리를 알아듣고 대답해 주었으면 좋겠다. 그 대답에 힘을 얻고 그 밤은 조금 덜 춥게 잠들었으면.

촌스러운 사람의 친구들

하노이를 여행하다가 두리안 나무를 보았다. 옛 황궁의 정원에 오래된 두리안 나무가 가득했다. 열매가 얇은 가지 사이마다 열리지 않고 가운데 가장 굵은 둥치에만 덩이덩이 있었다.

누군가의 어설픈 장식 솜씨로 잠시 올려 둔 줄 알았지만 가까이 가보니 열매마다 나무와 연결된 진짜 줄기가 있었다. 안미래에게 사진을 보내 주니 찍찍이가 붙어 있는지 잘 살펴보라고 했다. 안미래는 제주도에서 미래책방을 운영했던 친구다. 넓은 들판을 내달리는 모습이 잘 어울리는 자유롭고 거침없는 사람이다. 한여름에 미래와 함께 제주의 작은 동네를 산책하다가 하드를 사 먹으러 우정 슈퍼라는 곳에 들어갔다. 우정 슈퍼에는 정성스럽고 비범한 손글씨 안내문이 가득했다. 주인아저씨는 컴퓨터 디자인이 등장하기 전까지 홍보물을 손글씨로 그려 인쇄하는 것이 직업이었다.

세련되지도 않았고 너무 정성스러운 나머지 의도하지 않은 개그 코드가 담긴 수많은 창작물이 빼곡하게 채워진 누군가의 가게. 그 속에서 아름다움을 느끼고 감탄할 수 있는 친구와 함께 우정 슈퍼에 들어갔기 때문에 마음에 남길 수 있었다.

노을이 드리운 방에서 그림책을 낭독하다가 같은 책장에서 눈물을 흘리고, 부끄러움 없이 내키는 대로 춤을 추는 친구를 따라 나도 용기를 낼 수 있었다.

가끔 그런 사람들을 만난다. 자신의 행동에 의심 없이 움직이고 담백하게 말하는 사람들은 단박에 빛이 난다. 사람은 다 거기서 거기라는 말을 믿지 않는다. 분명 더 자기 자신에 가까워진 사람들은 존재한다. 그것이 희망적이다. 인간에게 도착할 수 있는 멋진 경지가 있다는 것이 다행스럽다.

이런 친구들을 만나면 사랑받고 싶어 안달이 난다. 함께 어울리는 동안 멋지고 웃기고 귀여운 말을 열심히 생각해 내느라 진이 다 빠진다. 온몸의 힘을 다해 움직이면 온몸에 생기가 돈다. 그 느낌이 좋다. 기꺼이 힘을 들인다. 그러다가 친구들로부터 종종 나와 노는 날이면 정말 재미있지만 진이 빠진다는 충격적인 말을 들었다. 아무리 농담을 섞어 말해도 진심이라는 것을 알기 때문에 소용돌이가 만들어지며 자괴감에 빠져 버렸다.

나는 어째서 자연스럽고 잔잔한, 그런 우아한 사람이 되지 못하는 것일까? 왜 이렇게 쉽게 들뜨고 애를 써서 함께 있는 사람들을 힘들게 했던 것일까? 이런 속상한 생각을 중얼거리며 마음속으로 못난 음악을 만들어 못난 가사를 붙이고 반복 재생한다.

그리고 얼마 지나지 않아 나를 불안하게 했던 나쁜 우려와 상상을 정확히 부정하는 작은 사건이 일어난다. 아무런 용건 없는 전화를 걸어 내가 너를 참 좋아한다고 전하는 친구의 술주정, 함께 뭘 해보고 싶다는 누군가의 제안, 충동적으로 어디론가 여행을 떠나자는 말들. 쭈그러들었던 마음에 다시 물기가 돈다.

사랑받고 싶어 안달이 난 사람에게 사랑을 주는 것은 콩쥐의 구멍 난 장독에 물을 채우는 것처럼 부질없는 짓으로 보인다. 하지만 어느 시절에 나눈 기분 좋은 산책과 가벼운 고백은 찰흙처럼 부드럽게 마음에 덧대어진다. 마음은 서서히 메워질 수 있는 장소다.

나는 이토록 촌스러운 사람. 하지만 좋아하는 사람들에게 늘 고백하고 싶다. 내가 당신을 얼마나 닮고 싶은지, 얼마나 감탄하는지, 함께 놀아 주어서 얼마나 기쁜지 모른다고.

나는 어쩔 수 없이 촌스러운 사람이니까 촌스러운 것의 힘을 믿으며 살아가고 싶다. 체온과 눈물과 쉽게 감동하는 것. 신파스러울 정도의 다정함. 실제의 나는 그렇지 못한 날들이 더 많으므로 더욱더 믿으며 살아가고 싶다.

차갑고 무의미한 날들로부터 페달을 밟아 어딘가로 향할 때, 도착할 장소가 되어 주는 사람들. 숫자와 해야 할 일로 휘몰아치는 삶 속에서 서로에게 충분히 가닿지 못하고 서툴게 만나지만, 그래서 우리가 우리로 연결되어 있음을 갑자기 또박또박 말하기는 부끄럽지만, 우리는 좋아하는 사람들을 만나러 가야 한다. 해바라기밭을 지나, 반딧불이와 함께, 촌스러운 마음을 잃지 않으며.

알아차려야 하는
사랑

퇴근길에 시장통을 지나오며 보는 풍경은 조금 음악 같다. 예를 들어, 꺽다리와 장다리 같은 남자 초등학생 셋이 모여서 이런 대화를 한다.

"신이 화났나 봐. 눈을 수류탄처럼 던지셨네."
"응. 정말 많이 화나셨나 봐."
"멸망하면 어떡하지?"

라는 대화를 하는 사이로

"참외가 참 싸리요. 싸리요."

하고 알 수 없는 문법이지만 귀에 쏙 들어오는 목소리의 과일 아저씨가 지나간다. 사람들의 목소리가 겹쳐져 악기들이 막 즉흥 연주를 하는 것 같았다. 평범한 일상에서 환상을 발견하는 순간이다.

내게 익숙한 주변 사람들에게 기대어 살고 있지만, 돌아보면 전혀 알지 못하는 타인과 잠시 연결되어 엷은 사랑의 훈기를 전해 받을 때도 있다. 누군가에게 이야기하기도 멋쩍을 정도로 짧고 가벼운 순간이, 예상하지 못한 때에 왈칵 덮쳐 와서 멍하니 여운을 느끼게 한다.

어릴 때 지금은 기억나지 않는 속상한 일로 등굣길에 길가 바위에 앉아 울고 있었다. 지나가는 아주머니가 바위 옆에 같이 앉아서 내 얼굴을 어깨에 묻고 조용히 안아 주셨다. 울음이 그칠 때까지, 체온이 서서히 전해지는 긴 시간 동안 기다려 주셨다.

버스에 내려 횡단보도에 서 있는데 어떤 할머니가 (아마도 엄청 길게 풀어져 있던) 내 목도리를 뒤에서 말없이 앞으로 넘겨 주셨다. 감사합니다, 라고 했더니 본격적으로 앞에 서시고 돌돌 말아 튼튼하게 다시 묶어 주셨다. 정말 감사합니다, 라고 다시 이야기하고 신호등 불빛을 바라보는 몇 분 동안 세상 불빛이 다 따뜻해 보였다.

지하철에서 친구를 기다리며 뜨개질을 하는데 흰 파카를 입은 아주머니가 나를 오래 보셨다. 뭔가 가르쳐 주시고 싶은가 보다, 라는 생각이 들어서 조금 웃으며 바라보았더니 다가오셔서 뜨개질의 화려한 기술을 보여 주셨다. 물론 나는 바라보는 것만으로는 도저히 흉내 낼 수 없었지. 와, 멋지세요. 라고 말해드렸더니 쑥스럽게 웃으시고 마침 문이 열린 지하철을 타러 가셨다.

사진관에서 새로운 여권 사진이 나오는 동안 신문을 읽는데 할머니와 여섯 살 남짓의 손녀가 사진을 찍으러 왔다. 열 장의 사진 중에서 가장 잘 나온 것을 고르시며 손녀에게 이게 예쁘냐, 저게 예쁘냐, 라고 물어보셨다. 손녀가 갸우뚱하자 에이, 뭐 생긴 대로 나왔겠지, 아무렴 어떠냐, 라고 결론을 내리셨다. 그동안 낯선 사람들에게 받은 기운을 전해 드릴 겸 나도 용기를 내어 괜히 대답을 해보았다. 이게 좀 더 또렷해 보이시는 것 같아요.

중학교 때 나는 자주 죽음에 대해 생각하며 다이어리 뒤의 지갑에 수면제를 한 알씩 모았다. 그렇게라도 절망을 표현하고 싶었던 것 같다.

중학교는 카톨릭 미션 스쿨이어서 선생님 중에는 수녀님들이 많이 계셨다. 그중, 실습 나온 어린 수녀님과 방과 후 두 시간 넘게 이야기를 나눈 적이 있다. 수업 시간에 내가 쓴 어떤 절망적인 글을 읽고 부르신 것이다.

인생의 의미는 행복이고, 사람은 행복을 위해 산다는데 주변의 어른들은 어린 시절이 가장 행복했다고 하니 행복의 절정기를 보내고 있는 어린 저는 지금 죽는 것이 합리적이지 않겠습니까, 라는 말을 시작으로 수녀님의 만류가 시작되었다. 사실 전혀 행복하지 않았으니 논리적이지도 않은 말이었다. 긴 대화 끝에도 굽히지 않는 나를 보며 수녀님은 끝내 눈물을 보이셨다. 그저 누군가와의 진지한 이야기에 몰입하는 것을 좋아했을 뿐인 나는 적잖이 당황했다.

수녀님,

이제는 불행이 찾아와도 예전처럼 좁은 공간에 갇혀 주저앉아 있지는 않을 것 같아요. 조금 넘어져 있다가 열린 문을 찾아 다시 걸어 나갈 수 있을 것 같습니다.

끝까지 받아들이고 싶지 않았던 상실의 자리에 아름다운 것이 깃드는 일이 많았어요. 그곳에는 제가 꼭 알아야만 했던 진실이 있었어요. 끝과 시작이 모두 한 몸이라는 뻔한 말에서 모두 무너뜨리는 것 또한 창조의 일부라는 것을 배웠습니다. 폐허라는 말에는 자유라는 말이 겹쳐 쓰인다는 것을요.

잘 알지 못하는 열다섯 살 어린아이의 철없는 말에 함께 눈물을 흘려 주셔서 감사합니다. 그때의 저에게는 그런 사람이 없었거든요. 당신이 믿는 신의 힘을 빌려서였을지라도, 그것은 얼마나 값지고 빛나던 순간이었는지요.

그때 제 마음에 심어진 무언가가 이제는 잎이 무성해진 것 같습니다. 언젠가는 저도 당신처럼 모르는 누군가를 위해 그런 눈물을 흘릴 수 있을까요? 늦은 밤 문득 떠올라 이 마음을 잊기 전에 적어 둡니다.

산들바람처럼 불어오는, 사건이랄 것도 없는 온화한 순간들이 우리의 인생에 이어질 때가 있다. 공들인 사랑과 우정, 가족이 아니더라도 기억할 만한 위로를 간직할 수 있다. 내가 정말 중요하다고 생각하는 삶의 가치들이 위태로워지는 순간에도 모퉁이를 돌아 우연히 만날 수 있는 기쁨이 우리를 기다리고 있다. 얼굴이 기억나지 않는, 그저 스쳐 지나가는 사람들의 작은 호의와 대화일 뿐이어도 내가 세상과 여전히 이어져 있다는 선선한 희망을 품을 수 있다.

동생이 말했다.

"엄마 아빠한테 내가 정말 사랑받았구나, 하고 느껴 본 적 있어? 나는 없어. 한 번도. 사랑도 받아 본 사람이 할 수 있다고 자식을 낳으면 우리가 행복하게 해줄 수 있을까? 나는 그럴 수 없을 것 같아. 그래도 난 자식을 낳으면 정말 모든 걸 다 해줄 거야."

동생. 나는 그렇게 생각하지 않아. 모든 뒤틀린 역사가 대물림되는 건 아니야. 그리고 우리는 아마도 사랑받았을 거야. 우리가 우리 스스로 아무것도 할 수 없었을 때 누군가는 한밤에 깨어 우리를 먹였고, 어느 밤 갑자기 열이 났을 때는 간절한 마음으로 건강해지기를 바랐을 거야. 엄마 아빠는 자기 고통에 휩싸여 우리를 슬프게 한 적이 많았지만, 그런 상황에서도 우리를 사랑했던 거야. 누구나 자기 안에 이길 수 없는 부분이 있어서 자주 실패하지만 한 사람을 떠받치기에 단 두 사람만으로는 어려울 거야.

부모님이 아니어도 세상에는 우리가 무사하기를 바라는 사람들이 있어. 꼭 그러지 않아도 되었지만 나에게 호의를 나누어 준 사람들이 떠올라. 우리가 어릴 때 된장찌개와 참치찌개를 자주 배달해 주시던 동네 명동 칼국수 아주머니는 꼭 계란 프라이를 밥 위에 얹어 주셨잖아. 그러지 않아도 되는 거였는데 아이들끼리 먹는 게 마음 쓰이니까 그러신 거지.

중학교 때 내 짝꿍 정은이가 마지막 롤링 페이퍼에 나더러 천재 아니냐는 말을 써줬는데 그 말 덕분에 수수한 쭈구리였던 내가 근거 없는 자신감을 얻었어.

고등학교 때는 버스를 두 번 타서 학교에 가야 했는데 옆 반 선생님이 방향이 같다며 자주 태워 주셨어. 사실 선생님도 어색한 시간이었을 거야. 한 학기 내내 점심 도시락을 싸주셨던 친구 엄마도 생각나. 나는 그 친구와 별로 친하지도 않았고, 보온 도시락 설거지는 정말 귀찮은데 어떻게 그렇게 해주셨을까? 괜히 눈물이 나려고 해.

내가 정말 맛있게 먹는 쌀밥과 사과 한 알에도 얼굴을 모르는 사람의 진심이 있어. 나는 알고 싶어. 그렇게나 다양한 질량을 가진 사랑을 모두 합하면 그것이 과연 부모님의 사랑보다 가볍다고 할 수 있을까?

내가 알지 못하는 사이에 뒤에서 응원해 준 사람들의 얼굴을 하나하나 모두 돌아볼 수는 없지만, 언제나 어딘가에 있다는 것을 알고 있어. 그러니까 우리는 모르는 사이 그동안 우리에게 쌓인 사랑의 무거움을 알아채며 살아가자. 아무도 없다고 생각될 때도 그렇게 알아챈 무수한 사람들의 얼굴을 떠올리며 살아가자.

셋

새로 쓴 마음

누구의 뒤통수도 보이지 않는 집

늘 뭔가를 잘하고 싶어 했다. 빼꼼히 보면 왜인지 나도 할 수 있을 것 같았다. 둘러보면 부러운 것이 많았고, 부럽지 않기 위해 부러운 것에 닿고자 했다.

처음으로 그 감정을 선명하게 느꼈을 때는 아홉 살이었다. 하도 이사를 많이 다녀서 초등학교 네 곳을 다녔는데 그중 처음으로 전학을 가 등교하던 날이었다.

긴장해서 내가 가진 옷 중 가장 좋은 옷을 입었다. 초등학교 입학 선물로 막내 삼촌에게 받은 노란 상하의 세트였다. 고리 바지와 퍼프 소매로 이루어졌고 투명하게 반짝이는 수많은 별과 달로 장식되어 있었다. 정말 아끼는 옷이어서 중요한 날에만 그 옷을 입었다.

뒷자리로 안내받아 짝꿍 옆에 앉았는데 맨 앞에서 차렷,

경례를 외치고 앉는 반장이 눈에 들어왔다. 존재감이 대단했다. 양 갈래로 섬세하고 복잡하게 땋은 머리 때문에 가르마가 선명히 보였다. 깨끗한 하늘색 원피스와 연한 갈색 머리, 하얀 피부, 깨끗하고 차가운 인상의 반장 권희정을 보며 나는 처음으로 그 애가 있는 곳과 내가 있는 곳이 무척이나 다르다는 것을 느꼈다.

나는 가장 좋은 옷을 골라 입고, 그 애는 원래 입던 옷을 입었을 텐데도 이만큼이나 다르다는 것을 느끼자 외로워졌다. 그것은 내가 처음으로 느낀 열등감과 동경이었다.

지금도 여전히 고통스럽게 느껴지는 일을 겪었던 아홉 살, 나는 교실 의자에 앉아 처음으로 죽음을 떠올렸다. 죽은 후에 갑자기 날개가 돋아나서 복도를 날아 우리 반으로 들어오면 친구들이 놀란 눈으로 바라보는 상상을 했다.

죽고 싶었던 것이 아니라 다시 새롭게 태어나고 싶던 것이다. 우아한 얼굴로 친구들을 지나쳐 그대로 교실을 벗어나 원하는 곳까지 날아 더 멋진 곳으로 여행을 시작하며 상상이 끝난다. 하지만 책상에 앉아 있는 나는 그저 머리에 이가 있는 꼬질꼬질한 전학생일 뿐이었다.

이후로 아주 오랫동안 나는 그 간극을 메우는 방향으로 움직였다. 내가 좋아하는 사람들, 좋아하는 집, 좋아하는 내 모습에 닿기 위해 부지런히 움직였다.

어느 날 무척 사랑했던 사람이 '노력하는 순간 지는 거지.'라는 말을 했다. 함께 듣던 사람들은 고개를 끄덕였다. 다른 무언가에 대해 농담처럼 하는 말이었는데 이상하게 상처가 되었다. 나는 노력하지 않고는 그곳에 닿을 수 없는데, 그것부터 이미 지는 것이라니.

지는 것은, 무언가에 실패하는 것은, 내가 속하고자 했던 장소에서 밀려나는 일이었다. 그렇게 절실한 모습이 그다지 매력적이지 않다는 것은 알고 있다. 여유롭고 느긋한 태도로 티 없이 사는 것, 어쩌면 그것이 내가 오랫동안 바라보았던 반장 권희정의 뒷모습이었는지도 모른다.

> 친구들이 모두 나보다 훌륭하게 보이는 날에는
> 꽃을 사 들고 집으로 돌아와 아내와 오손도손 보냈다.
>
> - 이시카와 다쿠보쿠

며칠 아무것도 하지 않고 집에서만 보내기로 하고 모든 일정을 텅 비워 두는 때가 있다. 그저 내가 만족스러운 하루를 보내기 위해 움직인다. 좋아하는 음악, 보고 싶었던 몇 개의 영화, 적당히 몸을 움직이며 활기를 줄 집안일.

누군가보다 더 좋은 일상을 보내기 위해 노력할 필요는 없다. 누구의 뒤통수도 의식하지 않는다. 오늘 하루가 망한다고 해도 내일이면 다시 백지의 날이 펼쳐진다. 무언가 잘하지 않아도 상처받지 않는 아늑한 나날이 이어진다.

올해도 서점의 긴 방학을 맞아 집에 머물고 있다. 몸이 언제나 헤실헤실 풀어져 있다는 것이 좋다. 퇴근하고 나서 집에 돌아오면 스스로가 긴장한 줄도 모르고 있다가 몸이 스르르 풀어지고 나서야 아, 내가 무척 힘을 들이고 있었구나, 하고 알아챈다.

누군가보다 잘 해내고 싶은 마음, 잘 보이고 싶은 마음, 상처를 주었을까 되새김질하는 마음. 대부분 나의 생활에서 수십 발자국 떨어져 있는 사람들인데도 그렇다. 그 모든 것들이 야외 생활의 괴로움들인데, 되도록 누군가와 연결되지 않고 집에만 있으니 온몸의 털이 고분고분 가라앉게 되는 것이다. 낯선 것을 만나면 꼬리가 너구리만 해지는 우리 금동이처럼 나는 너구리만 한 머리털로 야외 생활을 했던 것이 아닌가.

해보고 싶은 요리를 몇 가지 계획해 두고 냉장고에 재료를 채워 넣었다. 바지락과 모시조개로는 클램차우더 수프와 봉골레 스파게티. 고기로는 배추술찜과 대파 오븐구이. 술은 잘 먹지 않지만 기분 내려고 화이트 상그리아도 쟁여 두고, 얼마 전 마련한 말차 세트를 처음 개봉할 날도 기다리고 있다.

아마 어떤 것은 까지도 못하고 상한 뒤에 버려지거나, 이게 뭔가 싶게 요리책 그림과는 전혀 다른 초라한 음식으로 이미 마감한 생을 한 번 더 마감한 듯한 요리가 될 것이다.

계획처럼 멋들어진 요리로 만들어지지 못하고 냉장고에 아슬아슬하게 있다가 동생이 만드는 된장국에 한 번에 쓸려 들어가는 운명일지도 모른다(실제로 그랬다).

겨울 타이즈에는 이상하게 늘 구멍이 나는데 양말을 벗을 일이 딱히 없는 날에는 그냥 구멍 난 채로 신고 다닌다. 발가락이 차가운 겨울 신발의 안감에 닿고 엄지발가락을 옥죄는 구멍의 느낌이 좋지만은 않지만, 신고 나서 구멍 난 것을 확인하더라도 다시 갈아 신는 것이 귀찮아서 그냥 나간다.

다른 사람들은 몰라도 발가락이 나와 있는 기분이 늘 신경 쓰이고 혼자 몰래 우스웠는데, 쉬는 날이니 모처럼 마음을 먹고 바느질을 해서 구멍 난 모든 양말을 기웠다.

단추가 떨어진 여름 원피스도 여름 내내 아쉬워하며 입지 못했는데 바늘을 꺼낸 김에 돌아오는 여름을 위해 수선해 두었다.

책장에서 다시 읽고 싶었던 옛날 만화책들을 꺼내 침대 옆에 쌓아 둔다. 금동이, 쪼꼬미랑 잡기 놀이도 실컷 한다.

창문을 활짝 열어 두면 방 안으로 창문 모양을 따라 밝은 햇빛 모양이 커다랗게 들어오는데 금동이는 그곳에 누워 있는 것을 좋아한다. 나도 금동이와 함께 햇빛 아래 누워 품 안의 둥그런 따스함과 내리쬐는 따스함 모두를 음미한다. 그리고 어린 시절, 날개를 달고 교실 밖으로 떠났던 긴 여행 끝에 마침내 이곳에 도착했다는 것을 깨닫는다.

겨울 여행은 어디로 갈까? 느긋하게 생각하는 모처럼의 집 안 생활. 집에 있는 고양이 금동이, 쪼꼬미, 그리고 큰 고양이인 나. 서로 온순해진 털을 쓰다듬으며 큰 눈을 바라보았다.

거기 아니고
여기가 보통

우리 동네에는 오랫동안 한자리를 지키고 있는 백반집이 있다. 이렇게 오래 영업을 할 정도라면 이곳만의 확실한 매력이 있으리라 생각하며 들어갔다.

가격은 저렴했지만 그다지 맛은 없었다. 하지만 누군가 요리를 해주는 것만으로도 감사하게 여긴다면 충분히 먹을 만한 요리였다. 한 달만 지나도 기억나지 않을 이름, 개성 없이 낡아 버린 간판, 김치찌개와 제육볶음 같은 기본적인 메뉴. 힘주어 꾸민 곳도 없고 너저분한 구석도 꽤 보이지만 6년 넘게 한 자리를 지키고 있는 식당.

그곳을 나오며 묘하게 안심이 되었다. 뭔가를 굉장히 잘하지 않아도, 누구나 단번에 알 법한 매력이 없더라도 오래 살아나갈 수 있구나.

서점으로 출근하는 길에 다른 보통의 가게들이 눈에 들어왔다. 무엇이든 다 파는 것은 아닌 동네 슈퍼를 지나, 세련되지 않은 할머니가 운영하는 세련된 이름의 중고 옷 가게를 지나, 지나다니는 사람도 별로 없는 골목 2층에 있는 나의 책방에 도착했다.

크게 빛나지도, 모나지도 않은 것이 보통의 의미라고 생각했는데 한참 잘못 짚어 왔다는 것을 깨달았다. 사람들이 생각하는 보통이란 생각보다 지나치게 완벽한 상태이고 실제의 보통은 조금은 더 남루하고 한심스러워도 되는 것이었다. 때로는 이만하면 됐다 싶은 지점과 도저히 이대로는 안 될 것 같은 지점을 부지런히 오가는 것이 진짜 보통의 상태였다. 그것을 알게 된 것이 기뻐 다음 날 만난 보라차에게 열심히 말해 주었다.

많은 사람이 그렇듯, 나도 어릴 때부터 언제나 보통의 집으로 돌아오고 싶었다. 친구가 볼까 봐 우리 집 대문을 지나쳐 동네를 배회하고 싶지 않았다. 온화한 부모님이 기다리는, 부끄럽지 않은 대문의 집. 냉장고에는 바로 찾아 먹을 수 있는 반찬이나 과일이 있고, 어느 계절에는 정동진 해돋이나 섬진강 매화 축제 같은 곳으로 가족 여행도 가고, 명절에는 사이좋게 할머니 댁에 가서 고스톱도 치는 온난한 기후의 가정. 냉장고에 곰팡이 핀 음식도 없고, 필요한 만큼의 옷이 잘 정리된 옷장, 당장 내년에 어떻게 살아야 할지 크게 고민 없이 살던 만큼 열심히 살면 되는 인생.

자기 집을 부끄러워하는 것은 특별한 경우인 줄 알았는데, 나이가 들어 지금까지 내가 가본 집과 만난 사람들의 삶을 돌아보니 오색찬란한 이유로 모든 것을 만족시키는 집은 드물었다.

내가 지금껏 머리 위로 둥둥 띄웠던 '보통'이라는 풍경은 지나치게 완벽한 상태였다. 어쩐지 가도 가도 보통이 되기가 어려워서 좀 이상하다고는 생각했다.

어떤 해에는 당장 먹고살 걱정을 하기도 하고, 정말 소중한 사람과 갑작스러운 이별도 하고, 마음이나 몸이 아플 때가 있고, 가족들은 가끔 심장이 쿵 떨어지는 사고를 쳐서 우왕좌왕한다.

음식을 충동적으로 많이 사버리는 바람에 냉장고에는 먹지 못한 채 상한 음식이 들어 있고, 몇 달째 모른 척하고 있는 더러운 곳도 있다. 정말 좋아했지만 조금 심드렁해진 가구들과 치마 비릴 수 없는 고장 난 작은 물건들을 모두 안고 사는 것.

그래도 가족이 어디서 맞고 오면 도깨비처럼 얼굴이 벌게지고, 한밤에 힘겹게 돌아와 대자로 누우면 마음이 편안해지는 곳이 있어서 감사하다고 생각하는 것.

마음을 몰라주는 사람을 원망하느라 잠이 잘 안 오지만 내일은 더 좋은 날이 되기를 바라며 스르르 잠드는 것. 그 모두가 보통이라는 말이 안고 있는 풍경이었다.

밋밋하고 심심하지만 큰 고통 없는 무엇이 아니라, 두려워하면서, 때로는 벌벌 떠는 손을 잠재우려 주먹을 꼭 쥐고 원하는 것을 향해 애쓰며 간다.

그러다가 때로는 누군가에게 기대고 내민 손을 잡으며 간신히 나아간다. 세상의 수많은 보통은 그렇게 만들어진다. 모두 평등한 간절함과 망설임으로 만들어진다.

다행히 만들어진 모든 것들은 유일하므로 그것을 아껴주는 유일한 사람이 나타난다. 좀 엉망이어도 엉망인 것을 좋아하는 사람이 나타난다.

조금씩, 너무 힘들지 않을 만큼의 힘만 내더라도 묵묵히 걸으면 꽤 멀리까지 갈 수 있다. 나는 이제 보통의 집으로 돌아올 수 있다.

한심한 날이라도 집으로 돌아가는 길만큼은 이상하게 힘이 넘친다. 어쩌면, 내가 세상을 사랑하는 것만큼은 세상도 나를 사랑하는 것이 아닐까?

현관문을 활짝 열며 이제는 안심이라고 생각하는 밤이 있다. 그리고 깨끗이 씻고 평온하게 잠이 들었습니다, 가 아니라 바깥의 소란스러움이 묻어 와 소파 위에서 스스로를 구박하다가 TV 드라마에 마음을 빼앗겨 잠시 잊는 보통의 밤이다.

그래도 된다. 못난 일도, 별난 일도 아니니 지나갈 때까지 조금 견디는 것까지가 모두 평범한 오늘 하루에 포함된다.

다 쓰면
일어나자

전학을 하도 자주 다니다 보니 모르는 아이들 틈바구니에 있는 게 겸연쩍어 쉬는 시간만 되면 틈틈이 책을 읽었다. 그러면 아무와도 이야기하지 않는 것이 어색하지 않으니까.

매일 써야 하는 일기를 종종 정성스럽게 썼고 선생님이 일기장에 찍어 주는 별 도장 세 개를 받는 낙이 컸다. 어느 날은 죽은 줄 알았던 화분에서 피어난 나팔꽃 이야기를 썼다. 할머니네 집 마당에 있던 빈 화분이 버려진 것인 줄 알았는데 봄이 되니 새싹이 나서 계절 내내 관찰했다. 대체 이것은 자라서 무엇이 될까 궁금해서 지켜보았더니 나팔꽃이 되어 버렸다는 평범한 이야기였다.

일기 검사가 끝난 후 무섭고 칭찬에 인색했던 선생님께

서 일부러 나를 교실 앞으로 불러 크게 낭독하게 하시고는 칭찬을 해주셨다. 돌아보면 움츠러든 전학생을 격려하려고 일부러 그러신 거였다. 하지만 나는 자리로 다시 돌아가는 도중에 어지러울 정도로 심장이 뛰고 벅차올랐다. 그때의 기분이 너무 강렬해서 나는 무언가 꾸준히 쓰고 있는지도 모른다.

다른 사람의 슬픔에 쉽게 비스듬해지는 마음을 지키고 싶어서 나는 용기 없이 읽는다. 딱지 없이 쓰라린 채로 드러낸 이야기를 쓰지는 말아야겠다고 종종 생각하지만, 한밤중 스탠드만 켜진 책상 앞은 여전히 최후에 기댈 수 있는 안전한 곳이 된다. 자기 연민에 대한 경계 없이 토로하듯 마구 쓰는 시간이 주었던 무수한 깨달음이 있었다.

흥미로웠던 것이 모두 허무하게 느껴질 때, 혼자 있는 시간이 더 이상 풍요롭지 않고 황량하게 느껴질 때마다 나에게 글을 쓴다는 것은 반짝이는 징검다리를 하나씩 던져 넣는 것이었다. 부디 그 시간을 무사히 건널 수 있도록.

다른 사람을 바라볼 때 우리는 연약해진다. 누군가의 말과 눈빛에 밀려나고 덜컹거린다. 함께 멋진 춤을 추는 듯 기쁠 때도 있지만, 존재에 발이 묶여 같은 자리를 맴돌

때도 있다.

어떻게 이 캄캄한 구멍에서 벗어날까 두리번대지만, 흥미를 끄는 무엇도 없을 때는 풀썩 앉아 쓴다. 연필을 꽉 그러쥐고 간절히 꾹꾹 눌러 쓸 때는 모두 그런 때였다. 눈처럼 푹푹 밟히는 종이 위를 걸어갔다.

글을 쓸 때 골똘히 마음에 집중하면 한 줄, 그리고 또 한 줄 길어질 때마다 둥그런 자력이 생긴다. 흐릿하다가 이내 선명해지는 오늘을 확인한다. 내면에 감도는 힘을 느낀다. 마음에 대해 쓰고 있으면 마음에 샘물이 솟아오르고 곧 하류를 향해 졸졸 흘러간다.

이 글을 모두 쓰고 자리에서 일어날 때는, 반짝이는 징검다리를 건너 그 시냇물을 따라 흥얼거리며 걸어갈 것이다.

별일 없이
만든다

어릴 때부터 예술가가 되고 싶다고 생각했는데 예술가를 만나면 몸이 굳어 버린다. 그럴 때마다 내가 되고 싶은 것은 예술가가 아닐지도 모른다고 생각한다. 일상을 사랑하며 욕심 없이 단순하게 살아가는 사람을 만나면 나도 그저 소박한 사람이 되고 싶다고 생각한다. 그렇지만 혼자 심심한 시간이 되면 자꾸만 멋진 것을 만들고 싶다는 충동에 가슴이 뛴다. 내가 바라는 것은 역시 무언가 만들며 사는 삶이라고 다시 생각한다. 이중 정말은 무엇일까? 내가 인생에서 정말 바라는 것은 무엇일까?

충분히 사랑받는 것. 마음껏 상상하는 것.
스스로 아름답다고 생각하는 것을 만드는 것.

세상이 찬란하게 느껴질 때마다 감탄하며 기록하는 것.

원하는 때에 마음껏 움직이는 것, 무엇이든 할 수 있다는 자유를 느끼는 것.

반드시 무언가 되어야 한다는 압박이 없는 것, 특별해지고 싶다는 충동으로부터 해방되는 것.

내일 무너질지 모른다는 불안이 없는 것.

좋은 오늘이 내일도 이어질 것임을 당연히 믿는 것.

나는 여전히 미성숙하지만 내가 사랑하는 사람들이 내일도 너그럽게 나를 사랑해 주는 것.

내가 너무나 미워지고 원하는 것이 멀리 있다고 느껴질 때마다, 그동안 지나쳐 온 삶의 행복한 장면들이 겹겹이 덮쳐 오며 사실은 그렇지 않다고 말해 주는 것.

행복한 장면들이 상영되는 동안 커다랗고 따뜻하고 푹신한 두 손이 둥지처럼 나를 감싸 오는 것.

예술가가 되고 싶은지는 잘 모르겠지만 내가 인생을 깊이 사랑한다는 사실은 분명하다. 하지만 자주 그것을 잊는다. 두려움에 휩싸여 두 손이 묶이거나 조바심에 시달리며 영혼 없이 이런저런 사건에 끌려다닌다. 그럴 때 무언가를 쓰거나 그리거나 노래하면 내가 인생을 사랑한다는 사실을 마음 깊이 되새길 수 있었다.

강가나 해변에서 산호나 돌멩이 줍는 것을 좋아한다. 버섯 같은 돌, 어느 행성을 닮은 돌, 새의 알을 닮은 돌을 손에 쥐고 있으면 찌르르하고 과거와 이어지는 느낌이 든다. 구름의 모양, 나무껍질의 무늬에서 내가 아름답다고 생각하는 것과 닮은 것을 발견하고 음미하는 것은 가장 게으른 창작이다. 세상을 좋아하는 방식으로 변형시켜서 낯설게 바라보는 것이다.

옷을 스스로 지어 입어 보고 싶어서 잠깐 미싱을 배운 적도 있다. 동그란 초크 선을 따라 박음질을 하고 오버로크 기계를 다루는 법을 익혔다. 배우면 배울수록 어려운 일로 느껴져 그만두고 말았다.

유리공예로 접시를 만들거나 흙으로 도자기를 빚어 보기도 한다. 자수로 에코백에 좋아하는 무늬를 새기고, 위빙으로 장식품을 만들어 본다. 손으로 무언가 만들어 가는 것이 좋다. 무언가 만들고 있으면 마음이 간결해진다. 세상에 없던 것이 손끝에서 태어나는 것이 재미있다. 손을 움직여 만들면 내부에 단단한 알맹이가 생겨나는 것이 느껴진다. 그것이 대견하고 설렌다.

여러 가지 일을 해보지만, 가만히 생각해 보면, 나는 딱히 뭐가 되고 싶은 것은 아니다. 그저 재미있는 것을 마주치면 내가 할 수 있는 데까지 닿아 보고, 풍덩 뛰어들어 움직여 보고 싶은 것뿐이다.

냄새를 따라 쏘다니는 것을 좋아하는 개의 마음을 너무나 이해한다. 우연히 펼쳐지는 것들은 모두 반가워서 컹컹 짖고 나면, 컹컹 짖었기 때문에 일어나는 일들을 다시 첨벙첨벙 쫓아다닐 수 있다. 나의 욕망들 중 해롭지 않은 것들을 따라 자유롭게 이쪽저쪽을 오가는 동안 뒤에 남은 것들이 있다.

오랜 시간 좋아했던 제주 곶자왈을 찍은 사진 중 가장 마음에 드는 것을 액자로 만들어 걸어 두었다. 친구들과 여름날 모여서 그렸던 부풀어 오른 빵 그림에도 '용기 있는 빵'이라는 이름을 붙여 액자에 넣었다.

언젠가 시절이 수상해지더라도, 손수 만든 무언가를 볼 때마다 음, 그때는 정말 별일 없이 살아가고 있었군, 이라고 떠올릴 수 있을 것이다.

혼자 여행
삼매경

사람들은 때로 완벽한 침묵 속에 있기를 원한다. 이제 막 다시 태어난 초여름 숲의 한가운데에서, 커다란 섬에서 한 번 더 배를 타야 하는 작은 섬에서, 혼자 말없이 있기를 원한다.

외부의 침묵만을 원하는 것이 아니다. 정말 원하는 것은 내부의 침묵이다. 때로는 스스로에게서 들려오는 수많은 요구와 책망과 불필요한 수다에서 벗어나기를 원한다.

여행에서 만나는 모든 것들은 실제로 존재하지만 모두 사라져 버린다. 이 모든 것이 단 한 번의 손짓으로 사라질 것을 아는 채로 신중하게 겪는다. 버스는 새로운 목적지를 향해 출발한다. 스르르 미끄러져 도시의 외곽으로 빠져나가 다른 마을의 새로운 면모를 본다. 여행에서는 몇 번이고 출발할 수 있다. 도착한 곳의 신선함을 흠뻑 받아들이며 새로운 산책을 할 수 있다. 우리는 혼자 하는 여행에서 원하는 순간 몇 번이고 다시 출발할 수 있다는 것을 발견한다. 나에게 아직 부드러운 생장점이 남아 있다는 것을 발견한다.

처음으로 혼자 떠난 여행은 20대 후반, 대학 때부터 군대를 다녀올 때까지 6년을 사귀고 결혼을 이야기하던 첫 남자친구와 헤어지고 난 뒤였다. 오랜 짝사랑 끝에 내가 먼저 열한 장의 편지에 구구절절 그동안의 마음을 적어 고백했다.

그는 내가 고백을 하는 줄도 모르고 갑자기 만나자는 말에 친구의 자전거 뒤에 실려 유쾌하게 우리 집 앞까지 왔다. 얼마 전 늘 함께 어울리던 학과 친구들과 우리 집에서 모였던 날, 내가 안주로 내놓은 동해안 반건조 오징어를 주는 줄 알았다고 했다. 나는 기억도 안 났지만, 그때 맛있다고 했더니 내가 얼떨결에 준다고 했던 모양이다. 내 손에 들린 편지를 본 친구가 먼저 눈치채고는 조용히 자리를 피하는 동안에도 그는 천진난만한 표정으로 있다가 편지를 받고서야 귀까지 새빨개졌다.

그는 만화책과 만화 그리기와 농담을 좋아하는 장난꾸러기였는데 언젠가 나에게 장난을 쳤다가 몹시 싸늘한 반응을 보여서 자기를 정말 싫어하는 줄 알았다고 한다.

그것은 손가락을 상대방의 귀 옆에 대고 있다가 이름을 불러 돌아보면 볼을 찌르는 장난이었다. 나도 그 순간을 똑똑히 기억한다. 평소 되게 좋아하던 사람의 갑작스러운 첫 스킨십이었기 때문에 심장이 쿵 하고 얼어붙어 버렸다. 지금은 극복했지만 좋아하면 눈도 못 쳐다보고 안전거리 5미터를 유지했던 그때의 나에게는 충격적인 사건이었다. 사실은 잠들기 전까지도 혼자 계속 그 순간을 떠올리며 몇 번이나 볼을 만져 보았다.

싫어하는 줄 알았던 내가 갑자기 반건조 오징어를 준다는 것만으로도 신이 났는데 고백까지 받다니 그는 나보다 충격을 받았을 것이다. 단순한 녀석. 그런 점이 좋았다. 생각이 많고 진지하기만 했던 나에게 그는 늘 나풀나풀 신선하고 가볍게 사는 것처럼 보였다. A를 에둘러 C라고 말하는 법이 없었다. 말하는 것 그대로가 생각하는 것이었다. 만날 때마다 해사하고 웃기려고만 했는데 몇 년이 흘러도 변함이 없었다.

군대에 가고 나서 처음으로 그에게 소포로 책 선물을 받았다. 그 책은 『마시멜로 이야기』라는 자기 계발서였다. 중2 때부터 10년간 중2병을 앓는 독서가였던 나에게는 꽤 실망스러운 책이었다. 책이 낭만과는 거리가 먼 자기 계발서였기 때문이기도 했지만, 6년이나 함께한 이 사람이 이토록 나의 영혼에 관심이 없었다는 사실때문이었다.

나중에 알고 보니 휴가 나간 선임에게 부탁해서 여자친구가 책을 좋아하니 요즘 인기 있는 책을 골라서 보내달라고 부탁을 했던 모양이다. 하지만 책때문이 아니었더라도 오랫동안 서로 영원히 닿지 못할 부분이 있다는 것을 넌지시 알고 있었다. 가끔은 그것이 언제고 서로를 외롭게 할 것이라고 생각했다.

그의 제대를 앞두고 우리는 헤어졌다. 결혼 이야기가 시작되자 집이라는 공간, 가족이라는 공동체 모두에 자신이 없었던 나는 많이 불안했다. 이렇게 어리숙하고 덜렁거리는 내가 정말 가정을 꾸릴 수 있을까? 우리 집이 실은 생각보다 더 엉망이라는 것을 알고 나면 실망하지 않을까? 실은 이렇게 준비되지 않은 나를 못 미더워하는 것이 아닐까? 확신 없이 각자 헤매다가 아픈 말들을 주고

받았다.

두터운 편지 봉투가 도착해서 화해의 말을 기대하며 뜯어 보았지만 이별의 편지였다. 열한 장의 편지로 고백했던 나는 엽서에 단 두 문장의 답장을 적어 보냈다.

지금이었다면 한 번 더 붙잡고 서로의 마음을 들여다보았을 텐데 그때의 나는 자신이 없었다. 언제나 말하는 그대로가 생각하는 것이었던 사람이 어렵게 꺼낸 이별의 말을 잠자코 받아들이고 싶었다. 20대를 모두 함께했던 사람과 다시 만날 수 없다는 것은 그동안 살아왔던 세계를 송두리째 바꿔야 한다는 이야기였다.

자아를 찾겠다며 자전거로 동해안 일주 여행을 떠나는 사람들의 이야기를 건너 들어서 나도 어딘가 정처 없이 떠나야만 할 것 같았다.

처음으로 혼자 부산 바다로 여행을 떠났다. 서늘한 마음이 계속되는 것에 의문이 들고 진저리가 나서 떠났다. 머릿속에는 차갑고 건조한 여자가 혼자 떠나는 겨울 여행 같은 것을 그렸지만, 그런 것과 거리가 먼 나는 바다가 보이는 온천에서 혼자 물을 휘휘 저으며 되게 좋아하고, 그날 새벽 처음 본 해를 찍느라 역시 막 신나서 비싼 필름을 한 통이나 썼다. 게다가 혼자 근처 맛집이라는 국밥집을 찾아서 국물까지 후루룩 다 마시고 헤헤거리며 동네 고양이도 졸졸 따라다녔지. 심지어 바닷가의 새해맞이 소원 비는 행사에 참여해서 행복하게 해달라는 소원까지 기다랗게 적어서 지푸라기에 묶어 불로 태우고 사람들이랑 시원하게 손뼉까지 쳤다.

돌아오는 기차 안에서 내가 이러려고 여까지 온 게 아닌데, 하고 반성했지만 폼 잡고 글썽이지 않았어도 새로운 시절을 맞을 준비가 되어 있었다.

그 후로는 무슨 일이 생길 때마다 혼자 여행을 갔고, 다음에는 아무 일 없는 게 너무 심심해서 혼자 여행을 갔다. 아침부터 잠들 때까지 마음에 끌리는 모든 것을 선택할 수 있다는 것이 정말 자유로웠다.

사실은 혼자가 아니라 세상과 나, 단둘이 다니는 여행이었다. 고양이 12마리가 모여서 회의를 하던 골목, 여행 중 우연히 두 번이나 만난 터키의 대가족과 함께 둥그렇게 서서 함께 추었던 춤, 사하라 사막에서 태어난 모로코 청년이 고향의 별에 대해 했던 이야기, 혼자가 아니었다면 만나지 못했을, 생의 완전한 건너편에 살던 사람들과의 한때가 있었다. 지구인으로서의 자의식을 가지고 살아가며 지구의 가려진 부분을 모두 만나 보고 싶다는 결심을 하게 되었다.

절망이 찾아오면 죽고 싶다가도 항상 남은 재산으로 세계여행이나 실컷 해버리고 끝내자, 라는 생각이 들었다. 그것은 일종의 안전장치로서 그러다 보면 아마 어떻게든 다시 살고 싶을 것이 분명했다.

아무리 멋없는 사람이라도 혼자 떠나는 여행 중에는 멋진 사람이 될 수 있다. 가장 가까이 있는 나무도 흐릿하게 보이는 안개 낀 산간 마을에서는 안개 너머로 마을의 짐승들이 울고 있었다. 옆방 테라스에서는 이해할 수 없는 언어로 조용한 대화가 이어졌다. 혼자 여행에서는 이것이 나의 처음이자 마지막이자 유일한 순간이라는 것을 알게 된다. 하루에 수십 번도 그것을 자각할 수 있다. 모든 것이 찰나라는 것을 시시각각 알고 있을 수 있다는 것, 타임머신이 없어도 내가 만나지 못했을 다른 차원에 도착했다는 점에서 모든 혼자 여행자는 시간 여행자가 된다.

여행 중 듣는 음악은 이 순간의 장르를 정해 준다. 청춘영화에서 주인공이 내면의 해방감을 느끼는 순간이 될 수도, 느긋한 일본 영화가 될 수도, 90년대 홍콩 영화가 될 수도 있다. 수많은 영화가 스치고 지나가는 극장에 앉아 있는 것 같다.

'신밧드의 모험'이라는 놀이기구가 있다. 이야기의 흐름을 따라 신밧드가 되어 악당도 만나고 황금도 구경하고 마침내 공주를 만나는 이야기이다. 느릿한 배에 앉아 이야기를 스치고 지나간다는 행위 자체의 아름다움이 있다.

혼자 여행을 하면서 나는 버스를 타고 이야기 사이를 떠내려갈 수 있다. 하루에 한 번은 시원한 소나기를 맞아 메마른 구석 하나 없이 싱싱한 풀밭 위를 뒹구는 물소의 이야기, 뭉게뭉게 논에 불을 지피고 멍하니 서 있는 사람의 이야기, 버스는 밝은 회색 도로의 노란 중앙선을 따라 창밖의 이야기를 스치며 나아간다.

혼자 여행에서는 지도를 들여다보지 않고 일부러 골목을 헤매고 다닌다. 그러다 보면 유태인 남자들의 수다라든가, 부드럽게 날리는 빨래들, 오래된 가구점, 헌책방의 고양이, 내 빵을 나누어 줄 수 있는 비둘기를 만날 수 있다.

일부러 헤매는 방법은 우선 그늘진 좁은 골목에 들어선 후 꼭 사람이 없는 쪽으로만 턴 레프트 혹은 턴 라이트 하는 것이다. 힘이 들면 물가의 아무 계단에나 털썩 앉아 가방 속의 커다랗고 붉은 자두를 한 움큼 베어 먹고 줄줄 흐르는 즙을 옷에 대충 닦는 것이 좋겠다. 콩글리시에 따르면 이러한 레프트 라이트는 왼쪽 오른쪽뿐만 아니라 남겨진 권리. 혹은 남겨진 빛 등의 중의성을 갖는다. 골목을 헤맨다는 것은 그런 것이다.

한 시절이 끝난 후에 혼자 여행을 떠나야 한다는 뻔한 전설은 역시 존중할 만하다. 우리에게는 지구의 아직 확인되지 않은 영역을 탐험할 기회가 있고, 헤매는 도중에 주어지는 진실한 기쁨이 있다.

여행을 하면 과거의 어느 곳에 가만히 멈춰 있는 여럿의 나를 마주친다. 그는 갑자기 마주친 슬픔에 놀라 그 자리에 아직 멈추어 얼음이 되어 있다.

아이고, 아직 여기에 있었구나. 나는 어깨의 가장 부드러운 부분에 손을 얹고 땡, 을 외친다. 두고 와서 미안해. 계속 걸어가도 괜찮아. 우리는 같은 집으로 돌아갈 거야.

제주도
타령

제주의 곶자왈, 그리워하던 숲으로 들어가는 초입, 숨을 가다듬고 첫발을 내디뎠다. 올봄에 태어난 생명이 숲의 구석구석에서 지저귀고 있다. 가장 좋아하는 숲에는 혼자 오는 것이 좋지.

가장 좋아하는 것과는 단둘이 있고 싶게 마련이니까. 난대기후의 난대림. 나뭇잎과 땅에서 솟아난 맑은 수증기에 둘러싸여 있고, 큰바람은 새로운 곳에 있던 모르는 공기를 데리고 온다.

곤충들은 작은 기척에도 아랑곳없이 자신들의 세계를 무사히 영위하고 있다. 멀리서부터 바람이 나무의 머리끝을 훑고 내 머리 위까지 불어온다. 나도 나무와 같이 부르르 떤다.

햇빛은 아낌없이 공평하게 세상에 뻗어 있다. 나는 사랑으로 이곳에 내려앉았다. 살아 있는 것들은 사랑으로 태어나 숨을 쉬고 있다. 우리에게는 때로 누구의 방해도 없이 그것을 깨달을 시간이 필요하다.

처음 도착한 제주에서 산책을 했던 곳은 월정리 바닷가였다. 지금은 많이 붐비는 곳이 되었지만, 그때는 '그해 여름 가장 조용한 바다'라는 타이틀이 잘 어울리는 한적한 곳이었다.

초승달 모양의 한적한 월정리 해변 앞에는 단 하나의 카페가 있었다. 밝고 투명한 하늘색 바다에 조그만 파도들이 하나씩 입장해서 해변에 도착하고는 사라졌다. '그리고 모두 무사했습니다.'라는 말이 귓가에 울렸다. 이 순간만큼은 걱정하는 모든 것이 무사히 잘 있을 것만 같은 평화로운 바다였다.

제주에서 처음으로 묵은 숙소는 중산간의 가시리에 있는 '타시텔레 게스트하우스'라는 곳이었다. 타시텔레는 티베트 사람들이 반갑고 공손하게 나누는 인사말이다.

타시텔레의 고양이 왕초가 낳은 아기 중 하나가 우리

집 금동이다. 타시텔레의 해먹이 매달린 커다란 나무 아래에 누워 책을 보는 것을 좋아했다. 나뭇가지를 올려다보면 어제 깊은 곶자왈에서 알았던 기쁨이 다시 솟아난다. 어제 월정리 바다에서 알았던 기쁨이 다시 이어진다. 커다란 나무가 우스스스, 웅성웅성. 나뭇잎의 파도, 이파리 포말들 사이로 언뜻 비치는 햇살은 온난하다. 누구도 보지 않는 나뭇잎의 청록 바다 밑, 무겁게 가라앉아 반짝이는 돌이 된 것 같다.

지금까지 제주도에 자주 오가며 이곳에서 사는 것에 대해 자주 상상했다. 제주로 떠나는 것이 아니라 제주로 돌아오는 생활자가 되고 싶다고. 자연 가까이에 머물고 노닐 때 아름다운 생각들은 더 선명해지고 해로운 것들은 작게 흐려져 힘을 잃어버릴 것 같았다.

지척의 바다와 붉은 흙과 동백나무, 소들이 해풍을 맞는 목장, 주말에는 비자림과 사려니숲길을 친구와 산책하고 싶다. 까맣고 단단한 동백나무 씨앗을 주워 방앗간에서 기름을 짜고 귤나무도 몇 그루 갖고 싶다. 아침마다 색깔이 변해가는 귤을 보며 집을 나서면 좋겠다.

폭풍이 부는 날은 좀 무섭겠지만 일부러 집채만 한 파도를 보러 모험을 떠나고 싶다. 계절에 한번은 한라산에 가서 신기한 풀잎도 주워 오고 노루도 마주칠 수 있다. 여름엔 볼품없는 밀짚모자를 쓰고 바다에 자주 놀러 가야지. 새로운 친구들을 사귀고, 노래를 만들고, 주홍빛 여우가 주인공인 동화를 쓰고 싶다.

바람이 잘 통하고 빛이 많은 집에 살면서 문득 이곳의 바람과 빛이 마음에 닿는 순간에 감사하며 가만히, 오래 멈추어 있고 싶다.

진짜 삶을 위한 과목

마지막으로 가르쳤던 학년은 1학년이었다. 한 사람 가위질을 도와주면 갑자기 너덧 명이 주섬주섬 나와서 줄을 선다거나, 나무가 맛있다며 연필 꼭지를 씹고 있다거나, 다리 찢기를 하는 친구가 영웅이 되는 날에는 일주일 내내 다리 찢기 열풍이 불어서 어쩐지 나도 저걸 해야만 할 것 같은 기분이 든다.

천연의 아이들. 양말을 벗어서 손에 끼고, 웃긴 표정을 지어 보라고 하면 자의식이라고는 전혀 없이 콧구멍을 벌름거리고 눈을 까뒤집는다. 햇수로 13년 동안 초등학교에서 아이들을 가르쳤으니 수백 명의 아이를 만났다.

선하고 활기찬 변 군에게 "너는 건강하고 유쾌해서 좋아."라고 말했더니 쑥스러워할 법도 한데 정색을 하며

"어, 그걸 어떻게 아셨어요?"라고 받아친다.

아홉 살 아이들에게 시규어 로스의 음악을 들려주고 10자 평을 적어 보라 했더니 '조용한데 시끄럽다'라고 적은 아이가 있었다.

조별 우승 상품으로 토요일 사발면을 먹고 함께 집에 가는 길 열 살 수우에게 "단순하게 살아야 해. 잡생각이 많으면 이도 저도 안 된다."라고 넋두리를 했더니 "맞아요. 나무도 굵은 가지 몇 개가 있는 게 예쁘지 잔가지가 너무 많으면 볼품없잖아요."라는 대답이 돌아왔다.

체육 시간에 빈이가 하늘을 가리키며 "선생님, 저기 달이 떴어요. 밝은데 달이 있어요!"라고 소리쳤다. 나는 낮에도 달이 있다는 걸 처음 발견한 아이의 옆모습을 보았다.

아이들에게는 작은 마음 하나만 주어도 기쁨이 폭죽처럼 터져 오른다. 선생님의 손을 잡으려고 가위바위보를 하고 결과가 어떻게 나오든 결국 손가락을 나누어 잡는다.

벗어 놓은 외투의 냄새를 맡는다며 코를 묻고 한참 얼굴을 비비댄다. 혼이 나면 그렁그렁한 눈이 되는데 곧 헤죽헤죽 웃으며 강아지처럼 달려온다.

선생님이란 직업이 힘들었던 이유 중 하나는 하루도 빠짐없이 윤리와 청결에 관해 이야기해야 한다는 것이었다. 마치 교과서 속의 모든 말이 하얗게 무죄인 것처럼. 그런 말들로 아이들을 표백할 때마다 내 안에 그렇지 않은 부분들은 수치심을 느꼈다.

성당에 다녔던 어린 시절, 끊임없이 괴로워하면서도 죄를 되풀이했던 날들로 돌아간 기분이었다. 종교와 교육이라는 그 모든 올바름의 갑옷에서 벗어난 지금, 나는 내가 어떤 사람인지에 진심으로 말하며 살고 있을까. 그에 기대지 않고 나는 무엇을 진심으로 믿고 배우며 살고 있을까.

아이들아, 너희는 앞으로 자신의 행복을 위해 치열하게 살아가게 될 거야. 누군가에게 깊은 상처를 줘야만 할 때도 있고, 반대로 치명적인 상처를 입고 동굴에서 기다려야 할 때도 있어. 누구나 정말 최선을 다해 그래. 어쩔 수 없고, 자연스러운 일이야. 그 안에서도 감사함을 잊지 않는 법을 배우는 수밖에. 그런 순간들이야말로 우리가 죽기 전에 떠올리게 될 특별한 장면이니까.

네가 해야 할 일은 하나야. 네 안에 일렁이는 것이 무엇인지 잘 관찰하고 그 마음이 울먹거리며 이야기하는 것을 들어줘. 그럴 수도 있다고 말해 줘. 수치스러워하지 않아도 괜찮아. 가장 나약한 핏줄도 얇은 피부 위로 파랗게 비치고 있어. 심장도 무엇을 만날지도 모르면서 우쭐거리며 이곳저곳을 쏘다녀. 우리는 무방비하고 불완전한 존재야. 다만 네가 누구인지 진심으로 말하며 살아가기를 바라. 마음이 말하는 더 소중한 것, 지키고 싶은 것을 선택하며 진짜 만져지는 삶으로 가자. 잘 안 될 때가 많겠지만, 나도 그럴게.

그럴 날은 요원하지만 혹시 학교에서 다시 아이들을 가르치게 된다면 만들고 싶은 과목이 있다.

과목의 이름은 〈집과 사랑과 인생〉. 학습 주제는 다음과 같다. 삶에서 만나게 될 좌절의 종류와 그 의미, 올바르게 연애하는 법과 예의 바르게 헤어지는 법, 이별을 극복하는 방법들, 진짜 집안일 실습, 아기자기 여가 생활 실습, 자존감 관리, 혼자 여행하는 법, 어울리는 사람들 찾아 공동체 조직하는 법, 우정과 사랑을 오래 유지하는 법, 우울감 벗어나는 법 그리고 또 뭐가 많을 텐데 독립출판으로 교과서를 만들어서 나의 교실에서 쓰고 싶다.

잔소리 좋아하는 사람들이 그런 것은 그냥 몸으로 직접 부딪치며 알아낼 수밖에 없다거나, 좋은 가정에서 태어나는 것 말고는 방법이 없다거나, 하는 이유로 김빠지게 하더라도 상관없다. 아무것도 가르쳐 주지 않고 아이들을 갑자기 세상에 떨어뜨리는 것보다는 낫고, 내용이 한참 부족하더라도 저 제목들이 중요하다는 것을 의식하며 살아가는 동안 배워 갔으면 한다.

사실 교과목에 〈자영업 시작하는 법〉이나 〈부가가치세와 종합소득세, 원천세 신고하는 법〉, 〈속지 않고 부동산 계약하는 법〉도 있었으면 좋겠다. 아니, 세상에 이렇게 많은 사람이 자영업을 하고 있는데 어째서 없는 것일까? 지금 내가 너무 모르고 답답해서 하는 말 같겠지만 정답이다. 어떻게 알았지?

책이 커서
책방이 되는 일

외할머니와 함께 섬에 살 때 아버지로부터 정말 커다란 소포가 왔다. 인생에서 처음으로 받은 소포였다. 정성스럽게 선물을 고르고 포장을 해서 이렇게 멀리까지 닿게 하다니, 아버지는 우리를 사랑하는 것이 분명했다.

아버지가 틀림없이 우리를 사랑한다고 생각하니 마음이 한껏 부풀어 올랐다. 노란 포장 봉투를 뜯으며 얼마나 설레던지 그 안에 치약이나 빗자루가 들어 있었더라도 충분히 기뻐했을 것이다.

포장이 컸던 것은 동생의 플라스틱 조립 로봇 때문이었다. 정교한 것은 아니었고 어딘가 부드럽고 둔하게 생겼는데 크기만 엄청 큰 파란색 로봇이었다. 사실은 그렇게까지 엄청 크지는 않았을지도 모른다. 그저 내 선물이 너무 작게 느껴져서 괜히 부러운 마음에 그렇게 기억되었을 것이다.

나의 선물은 그림책이었다. 아버지는 내가 아직 글을 읽을 줄 모른다는 것을 까먹었던 것일까? 처음에는 실망했지만 시간이 지나자 커다란 로봇보다 그림책이 훨씬 마음에 들었다.

알록달록한 표지를 넘기면 다음 이야기가 나오고, 그다음 이야기가 뒤에 계속 숨겨져 있었다. 숨어 있다가 짜잔, 하고 나오면 아이들의 마음은 두근거린다. 외할머니도 글을 읽을 줄 모르셨기 때문에 아무도 읽어 줄 수 없었다.

그것도 멋진 일이었다. 제목은 무엇인지, 실제로는 어떤 이야기였는지 아직도 알 수 없지만 그래서 더욱 신비로운 그림책을 몇 번이고 넘겨 볼 수 있었다.

파란 로봇이 팔 하나를 잃고 장롱 안에 뒹굴기 시작했을 때도 그림책은 여전히 사랑받았다. 그즈음 나는 글을 읽을 줄 아는 척 동생에게 이야기를 지어서 들려주었다. 읽을 때마다 내용이 달라져도 동생은 감탄하며 잠자코 들었다. 그 책은 정말 어떤 책이었을까? 어떤 책보다 열심히 들여다보았지만 읽지 못한 채로 작별한 나의 첫 번째 그림책.

여수의 다른 친척 집에도 잠시 머물다가 인천의 친할머니네 맡겨진 후 초등학교에 입학했다. 글을 정식으로 배우며 책을 마음껏 읽을 수 있었다.

교실에 있는 학급 문고를 빌려 집으로 가지고 와서 온종일 읽었다. 둘째 삼촌은 무슨 전설처럼 '애는 밥을 먹을 때도 한 손에는 숟가락, 한 손에는 책을 들고 있던 애라니까요.'라고 다른 사람에게 한탄하는 척을 하며 자랑을 했다.

어릴 때 내가 가장 사랑했던 책은 큰집에 갈 때만 볼 수 있었던 계몽사에서 나온 초록색 전집 『어린이 세계의 명작』이었다. 이름을 어찌나 잘 지었는지 그 책은 정말 가슴이 터질 듯한 세계의 명작들이 가득했다. 아니, 세상에 이렇게 낯선 나라들이 있고, 화려한 드레스와 전설과 괴물들이 잔뜩 있다니! 인간에게 붙잡혀 양초를 만드는 인어, 아름다운 사람으로 변하는 나무 등등 지금 보아도 찬란한 그림과 이야기들이 잔뜩 있었다.

하나의 책을 덮고 다음 책을 집는 순간의 설렘과 기대로 제때 밥을 먹을 수 없는 지경이었는데, 하필 명절에만 볼 수 있는 책이라 제때 밥을 안 먹을 수가 없었다. 큰집에 도착하자마자 책장 앞으로 돌진해서 밥 먹으라고 부를까 봐 조바심을 내며 읽었다. 책을 두고 떠나는 것이 너무 아쉬웠고 친할머니 집으로 돌아와서는 도대체 언제 다시 큰집으로 가나 기다리고 기다렸다.

초등학교 4학년이 되자 마침내, 드디어, 나에게도 집에 책이 잔뜩 생겼다. 금성출판사에서 나온 과학 학습만화 전집과 글밥이 많은 어린이 문학 전집이었다. 크리스마스 겨울 아침 친할머니네 집으로 책 상자가 잔뜩 배달되었다. 떨어져 살던 아버지가 보내 준 두 번째 소포였다. 그때의 기쁨을 떠올리면 지금도 눈물이 날 것 같다. 한 상자가 도착하고, 또 다른 상자들이 계속 도착했다. 모두 나만을 위한 책이었다. 『로빈슨 크루소』『15소년 표류기』『걸리버 여행기』『소공녀』 등등 셀 수 없는 수많은 이야기들이 집으로 속속 도착하고 있었다.

집에서 원하는 만큼 마음껏 책을 읽을 수 있다니, 게다가 방학이라니, 이런 행복이 나에게 도착하다니! 사실 나중에 알고 보니 아버지가 출판사 영업사원으로 일을 시작한 큰어머니에게 도움이 되고 싶어 주문을 하고는 할부금을 제때 갚지 못해 사이가 또 어색해졌다는 뒷이야기가 있었다.

두 분에게는 죄송하지만 그런 어른들끼리의 일은 나의 책장이 생겼다는 기쁨에 조금의 흠도 되지 않았다. 그해 겨울 방학에는 동생에 이어 나도 홍역에 걸려 오랫동안 집 밖으로 나가지 못했지만 상관없었다.

아버지는 알았을까? 그 책들이 있어서 유치원도 학원도 안 보낸 딸이 공교육만으로 대학에 입학하게 된다는 것을, 하지만 역시 그 책들을 읽었기 때문에 그렇게 다닌 대학을 졸업하고 얻은 든든한 직장을 훌랑 그만두게 된다는 뒤웅박 같은 사실을, 그래서 그만두기만 하면 호적에서 파버린다고 아무리 으름장을 놓아도 소용이 없을 거라는 앞날의 비극을.

하지만 아버지가 어차피 져주실 것을 알았으니까 하나도 안 무서웠다. 이 모든 인생의 항로에는 그 겨울, 나에게 수많은 책을 선물해 줘서 책을 향한 사랑에 불을 댕긴 아버지의 지분도 있는 것이니까 그렇게 죄송하지도 않았다.

명절이나 어린이날에 용돈을 받으면 가장 먼저 달려갔던 곳이 동인천의 대한서림과 배다리 헌책방이었다. 대한서림에서는 주인공 안톤이 꼬마 드라큘라 친구들을 만나며 벌어지는 일을 담은 『꼬마 드라큘라 시리즈』를, 배다리 헌책방에서는 만화잡지 『르네상스』나 『화이트』 『댕기』 『보물섬』을 사서 검은 봉지에 잔뜩 담으면 손가락에 피가 안 통할 정도로 무거웠다. 그래도 그 만화책들을 집에 펼쳐 놓고 책장을 넘기면 기쁨으로 가득 찼다. 어떤 초라한 집이라도 가득 채워 두둥실 띄울 만한 기쁨이었다.

도서관에서 빌려 왔던 코난 도일과 아가사 크리스티의 추리소설, 만화대여점에서 빌려 읽었던 『동물의사 닥터 스쿠르』『천재 유 교수의 생활』, 우라사와 나오키와 아다치 미츠루의 만화, 할리퀸의 로맨스 소설 시리즈, 헤르만 헤세와 이상과 카뮈와 니체가 뒤섞여 청소년기의 총천연색 독서 시절이 이어졌다.

갖가지 우울한 사건이 일어나는 와중이어도, 집으로 돌아오면 좋아하는 책과 함께하는 가슴 뛰는 일상이 있었다. 나쁜 일이 한 가지라면 좋아하는 책은 열 권도 더 쌓아 둘 수 있었다. 책들이 나의 병정이라면 숫자로는 언제나 이길 수 있는 싸움을 하는 장군이었다.

안타깝게도 불행과 행복의 양은 그렇게 간단하게 셈할 수 없어서 자주 깊은 절망에 빠지는 것을 피할 수는 없었지만 책을 읽는 시간만큼은 보고 싶지 않았던 모든 것에서 자유로웠다. 책 안에는 내가 되고 싶고, 갖고 싶고, 궁금하고 만나고 싶은 것 모두가 있었다.

살면서 책방 주인을 꿈꿔 본 일은 한 번도 없었지만, 아버지에게 등짝 맞아가며 놀이처럼 가볍게 시작한 이 일을 꽤 오래 해나가고 있다. 원하는 책을 언제라도 채워 넣을 수 있는 수많은 책장을 가지게 되었다. 혼자 읽을 수도, 함께 읽을 수도 있다. 집에 있는 소나무 원목 책장에는 좋아하는 색깔의 스테인을 칠해 두었다.

가지고 있던 책들을 북극서점 중고 코너에 가져다 두어서 이제는 정말 좋아하는 책들만 집에 남았다. 혹은 질 들뢰즈의 『천 개의 고원』처럼 너무 어려워서 영원히 읽지 못할 것 같지만, 멋지기도 하고 어쩌면 나의 지적능력에 기적이 일어날지도 모르니까 그냥 두는 책들만 남았다.

책장 한 칸에 정말 좋아하는 책들의 책등이 한가득 꽂혀 있는 것을 보면 이 완벽한 세계에 감탄이 나온다. 제목에서 뿜어나오는 책의 광선이 이 집을 보호해 준다는 사이비 오컬트 같은 말을 하고 싶다. 믿어도 해로울 것 없다.

내가 무엇을 기다리고 있는지 모른 채로 그저 가라앉은 채 신산한 마음을 견뎌야 하는 시절이 있다. 그럴 때는 이루어지면 마음이 부풀며 두둥실 떠오르는 일들을 하나하나 떠올려 본다.

세상의 중력에서 조금은 벗어나게 되는 작은 소원들 사

이를 헤집으며 돌아다닌다. 그렇지만 하루를 즐겁게 살아가면 그뿐이지, 생각하며 귀여운 만남과 새로운 여행지를 궁리하는 것만으로 충분하지 않은 시절도 있다. 그럴 때 삶은 우리에게 무엇을 바라고 있는지 손가락으로 짚어 알려 주지 않는다. 도대체 삶이 우리에게 어떤 의미길래 이렇게 마음이 허전한 것일까? 그럴 때 우연히 읽은 책 한 권은 내가 기다리고 있던 것이 무엇인지, 삶이 지금 손가락으로 가리키고 있는 것이 무엇인지 알아채게 해준다. 내 마음이 원했던 것이 바로 이것이었구나.

서점의 이름을 짓기 전 1920년대에 만들어진 최초의 다큐멘터리를 보았다. 「북극의 나누크」. 최초의 다큐멘터리인데 무려 실제로 북극을 탐험하던 중 만난 이누이트 가족의 일상이 담겨 있었다.

이글루를 짓고, 사냥을 하고, 때가 되면 온 가족이 훌훌 다른 곳으로 떠나간다. 그런데 이동할 때마다 소중하게 지키는 것이 있었다. 그것은 바로 불씨이다. 불씨가 없으면 이누이트 가족은 얼어 죽는다. 그들은 끊임없이 하나의 불씨에 의지하며 원하는 곳 어디로든 떠난다.

나에게는 그 불씨가 책이었다. 책은 누구에게도 관심

받지 못한 채, 불행의 한가운데에 있는 사람들도 들여다 본다. 방향을 찾아 혼란스러워하는 사람들에게 시선을 맞추고, 가야 할 길을 비추어 준다.

따뜻함을 지켜 내지 않으면 살아갈 수 없는 곳, 북극. 북극서점의 '북'은 책을 뜻한다. 차가워지지 않기 위해 읽어 가는 곳. 어딘가에 있을 나의 장소를 향해 힘을 잃지 않고 갈 수 있도록 몸을 덥혀 주는 존재. 우리는 반드시 그곳에 도착할 수 있다.

조그맣게
버는 삶

오늘 서점에서 책을 판 돈으로는 집에 오징어를 사 가야지. 그럼 오징어 무국이랑 파전을 할 수 있다.

학교를 그만두고 연 북극서점은 나의 첫 가게이다. 돈을 벌려는 생각은 없었고 딱 1년만 벌어놓은 돈을 탕진하며 즐겁게 꾸려 볼 생각으로 친구 뚜앙이와 함께 열었다. 돈이 떨어지면 다시 임용시험을 봐서 학교로 돌아갈 생각이었다. 공무원이었을 때는 통장에 돈이 들어오는 게 너무 당연해서였는지 내가 일해서 번 돈이라는 자각이 부족했다. 하지만 책방을 열고부터는 그날의 매출이 만 원이라고 해도 내가 번 돈이라는 생각이 들면서 뿌듯하게 쓰고 싶다.

서점을 시작하고 얼마 후까지 한 달에 15만 원에서 20만 원 정도의 월급을 받았다. 그래도 그렇게 번 돈이 정말 소중하고 신기하고 기뻤다.

친구가 아기를 낳으며 그만둔 후, 서점에서의 시간이 외로워졌지만 혼자 이어 가니 월급이 두 배로 늘었다(두 배라고 해봤자 정말 적은 돈이다). 몇 년 지나니 단골손님도 생겨서 나의 기준으로는 의외로 높은 매출이 생기는 날도 종종 생겼다(다시 말하지만 나의 기준이다).

그런 날은 기분 좋게 슈퍼에 가서 먹고 싶은 것들을 살 수 있다. 장을 잔뜩 보고 집에 들어가 육식 동물이 사냥감을 팽개치듯 장을 본 것을 자랑스럽게 올려놓는다. '금동아- 이거 봐라, 내가 사냥해 왔어.' 기분 좋게 우쭐거린다.

요즘은 공공기관에서 요청받은 문화기획이나 글쓰기 강연, 도서관 납품 등으로 서점을 이어 가고 있지만 가장 기분 좋은 돈벌이는 역시 책방에서 책이 팔릴 때다. 직접 경작해서 수확한 쌀을 먹는 기분이랄까. 내가 가장 좋아하는 일로 번 돈을 가지고 집에 돌아가는 발걸음은 정말 가볍다. 퇴근길 담벼락 너머로 미역줄기볶음이나 김치찌개 냄새가 나는 집을 지나 고등어자반을 손에 들고 가는 가장의 기분이다. 내일은 더 열심히 살고 싶어진다.

서점을 오래 운영하다 보니 오늘은 어쩐지 손님이 오지 않을 것 같다는 느낌이 올 때가 있는데 그런 날은 굉장한 정신 승리가 필요하다. 예를 들어 매출이 오만 원이면 순수익은 만오천 원이지만 그렇게 생각하면 속상하니까 그냥 순수익이 오만 원이라고 생각한다. 매출이 빵 원인 날을 위해 아예 서점에서 혼자 해나갈 수 있는 창작 프로젝트도 마련해 두었다. 그러나 그렇게 애를 써도 돌아가는 발걸음에는 힘이 빠지고 식탁 위에 던져 놓고 자랑할 저녁 사냥감도 시원치 않다.

사람을 기다리는 일. 기다리는데 오지 않는 일은 아무리 그러지 않으려고 해도 상처가 된다. 다른 일들로 돈을 정말 많이 벌게 되는 달에도 서점에 손님이 오지 않으면 어쩔 수 없이 자신을 되돌아보게 된다.

일을 통해 자아실현을 한다는 것은 그만큼 일이 잘 안 될 때 자아를 다친다는 이야기다. 오지 않는 손님과 많이 팔지 못하는 자신을 원망하고 싶지 않아서 문화기획과 강연에 더 집중하게 되었다. 하지만 가장 원하는 것은 서점에서 책이 잘 팔려서 좋아하는 책을 신나게 소개하고 사람들과 모여 앉아 조그맣게 뭔가를 만들어 가는 일이다.

그래도 좋아하는 일로 번 돈을 가지고 집으로 돌아가는 인생을 되도록 오래 유지하고 싶다. 좋아하는 일을 하면 다음 날 어떻게 더 열심히 할 수 있을까 궁리하는 순간에 힘이 솟는다.

집과 서점 모두를 혼자 힘으로 먹여 살리는 일이 힘에 부칠 때가 올지도 모르지만, 지금까지는 서점 덕분에 다양한 직업으로 확장되는 자아를 지켜보는 일이 흥미진진하다. 내 꿈은 책방의 평균 매출이 하루에 50만 원인 시절이 오는 것이다. 그러면 양다리에 풍선을 달고 통통 가볍게 뛰어 집에 돌아갈 것이다.

버킷 리스트

학교에 근무하고 있었을 때, 우리 반 아이들에게 '죽기 전에 꼭 하고 싶은 일 열 가지'를 적어 보라고 했다.

자전거 타고 하늘 날기

이글루에서 자 보기

온종일 책 읽기

스스로 만든 집에서 살기

다른 사람을 위해 봉사하기

겨울에 아이스크림 먹어 보기

시베리아에서 살아 보기

타임머신 발명하기

정말 커다란 눈사람 만들기

텔레비전에 나오기

이런 아름다운 소원들 뒤에 조금 충격적인 전개지만 나도 나름의 버킷리스트를 이루기 위해 학교에 사표를 냈다. 그런 식으로 솔선수범을 하게 될 줄은 몰랐다. 10년 넘는 학교생활을 정리하는 과정치고는 아주 간단한 서류 작업이었다.

긴 고민은 '개인 사정'이라는 네 글자로 압축되어 서류에 한 줄로 들어갔다. 그래서 그날 일기장에 원 없이 길게 사표를 썼다.

사직서

스물네 살. 갓 대학을 졸업하고 처음으로 교단에 선 후, 오랜 시간이 지났습니다.

첫 발령지는 김포의 시골 마을이었습니다. 그해 우리는 노래를 너무 많이 불러서 옆 반 선생님께 잔소리를 들었습니다.

아이들과 함께 황금빛 논을 걸었고 보리밭을 지나며 봉숭아를 두 손 가득 땄을 때가 생각납니다. 아이들은 사신들의 고향에 대해 저보다 더 잘 알고 있었습니다.

부천으로 학교를 옮긴 첫해에는 모두 함께 어른보다 큰 눈사람을 만들었습니다. 운동장에서 눈을 굴리며 내달릴 때마다 한 아름씩 커져서 제가 더욱 신이 났습니다.

제가 아이들을 아쉬움 없이 사랑했노라고 자신할 수는 없지만 제가 좋은 사람이 아니었어도, 때로는 화를 내고 시무룩했어도, 아이들은 마음을 다해 웃어 주었습니다. 말썽꾸러기 녀석들도 그랬습니다. 그것은 제가 저여서가 아니라, 아이들이 아이들이었기 때문에, 그것이 그들의 천성이었기 때문이었습니다.

누군가를 가르친다는 것이 겁이 날 때가 있었습니다. 복잡하게 가득 줄 세워진 도미노로 가득 찬 방에 서 있는 거인이 된 것 같았습니다. 자칫 무언가를 잘못 건드리면 누군가의 인생이 와르르 바뀌어 버릴까 봐 겁이 났습니다.

학교를 그만두며 가장 아쉬운 것은 아이들이 주었던 사랑을 제대로 받아 내지 못했던 것입니다. 달려와 와락 안아 줄 때, 제 손이 차갑다며 꼭 잡아 줄 때, 무언가 이야기하고 싶어 책상 앞으로 모여들 때, 자기도 먹고 싶었을 작은 사탕을 내밀었을 때, 눈에 별이 들어간 얼굴을 정성껏 그려 집에 가기 전 선물했을 때. 세탁기를 돌리려고 주머니를 뒤적거리다 아이들이 몰래 넣어 둔 작은 손편지와 사탕들을 발견했을 때.

많은 것들을 너무 태연히 받은 채 제대로 기뻐하지도, 고마워하지도 못했습니다. 지금 이곳에서 그 모든 단단하고 고운 사랑이 한번에 느껴져 미안해집니다.

이제 새로운 발걸음을 떼고 어디로 갈지 생각해 보았습니다. 무엇이 나를 차오르게 하는가, 가슴 뛰게 하는가, 스스로 사랑할 수 있게 하고 살아 내게 하는가. 더욱더 묵직하게 만져지는 인생으로 향하고 싶습니다.

우선 자연 속에 오래 있고 싶습니다. 산책을 마음껏 할 수 있는 곳에 가고 싶습니다. 그리고 아름다운 무언가를 만들어 내고 싶습니다. 노래와 음식과 이야기와 그림, 나무와 천으로, 그리고 흙으로. 조용하고 소박한 것을 만들고 싶습니다. 상상했던 풍경을 보고 싶습니다. 하늘 위를 가득 채운 오로라와 커다란 고래. 호수 위에 짚으로 만든 섬과 아프리카의 초원을 보고 싶습니다. 하지만 저는 걱정이 많고 귀찮아하고 텔레비전을 좋아하는 사람입니다. 가진 것도 많지 않습니다. 그러니 모든 것을 할 수는 없겠지요.

다만 무엇이든 할 수 있을 것 같은 그 상태를 즐기고 싶습니다. 무엇이든 될 수 있고, 어디로든 갈 수 있는 자리에 놓여 있을 수 있다는 것이 많은 것을 포기하고 무릎쓰며 얻는 가장 큰 기쁨이 될 것입니다.

오랫동안 되고 싶었던 사람이 있었습니다. 깊고 따스한, 사랑이 많고 선선한 사람. 그렇지만 그것은 사는 동안의 권태와 이기심과 얄팍함과 공명심에 너무 자주 좌절되었습니다.

그래서 가장 바라는 것은, 제게 주어진 많은 시간 동안 그런 사람이 되어 가는 것입니다. 그래서 언젠가 다시 아이들 앞에 섰을 때, 제가 받았던 사랑을 더 풍성하게 돌려주는 광경을 기쁘게 그려 봅니다. 긴 이야기를 읽어 주셔서 감사드립니다. 언젠가 햇빛이 잘 들어오고 목소리가 울리는 가르침의 장소에서 귀한 인연으로 다시 만나기를 기대합니다.

이렇게 혼자만 읽을 수 있었던 비장한 사직서를 쓴 지 몇 년이 지났다. 아이들에게 부끄럽게도 나는 아직 학교에 다시 돌아갈 생각이 전혀 없다. 조금이라도 오래 서점을 하고 싶어서 안간힘을 쓰는 중이다. 다행인지 불행인지 요즘은 임용 경쟁률이 심해져서 차마 공부를 다시 시작해 볼 엄두도 나지 않는다.

가난을 벗어나서 번듯한 집의 대문으로 들어가게 되면

미래에 대한 걱정 없이 안심하고 살아갈 수 있을 것 같았지만 나에게는 늘어나는 통장 잔고와 안정감이 비례하지 않았다.

연애를 해도, 마음껏 여행을 가도, 어딘가 끌려가고 있다는 느낌을 지울 수가 없었다.

학교에 있는 동안은 너무 바빠서 그다지 괴롭지 않게 시간이 빨리 가니까 나쁘지 않았다. 그런데 밤이 되어 푹신한 침대에 들어갈 때마다 오늘 열심히 했던 모든 일이 부질없이 사라지고, 평생 이런 공허가 반복될 것이라는 강렬한 예감만이 남았다.

수업 시간에 아이들과 국어책을 들여다보며 『아빠 좀 빌려 주세요』에서 재욱이가 종우에게 가졌던 악의의 이유를 해석할 때도, 어딘가에 균열이 생기고 무언가 새어 나갔다.

퇴근 후에는 의아할 정도로 몸이 아팠다. 손발과 몸이 붓고, 어깨는 짓눌리고. 식은땀이 났다. 평소에 감기 한 번 걸리지 않는 건강체라 그런 상태가 계속되는 것을 신기해하며 아파했다. 스스로 현실과 이상 사이에 끼어 있는 사람들이 주로 걸리는 '낑김병'이라고 병명을 붙였다. 그냥 '늙음병'일 수도 있지만 나와 같은 늙은 사람에게 모두 나타나지는 않는 걸 보니 '낑김병'일 확률이 높았다.

힘껏 이룬 이 삶 속에 태연하고 자연스럽게 있으려고 애쓰는데 자꾸만 내가 사라지는 기분이었다. 지각을 하는 날이 잦아지고 학교에서도 멍해지는 날들이 있었다.

집으로 돌아가는 버스 창가에 기대어 내일이 오지 않았으면 하는 생각이 들었다. 집에 돌아오면 움직일 수 없이 상념에 빠져 있기를 반복했다. 텅 빈 로봇이 되어 힘겹게 기름칠을 해야 움직일 수 있는 상태가 되었다. 이 로봇에는 언젠가부터 가난은 부끄러운 일이고, 안정적으로 결혼도 하고, 아이도 낳고, 사회에서 인정받으며 살아야 불행하지 않을 것이라고 프로그래밍 되어 있었는데 누가 그랬는지 범인을 꼭 찾고 싶다.

선생님으로서의 내가 성공하는 날이든, 실패하는 날이든, 나는 늘 프로그래밍 된 나와 실제의 나 사이에서 괴리감을 느꼈다. 그것을 극복하기 위해 집에서 시스템을 재시작하는 동안 영혼이 꿈쩍 못 하고 우울했던 것이었다. 나는 그것이 더 많이 가지지 못해서라고 생각했는데 아니었다. 견디는 것이 아닌 살아나간다는 느낌이 없었다.

영화 「트루먼 쇼」의 짐 캐리는 인공 세트장 안에서 누군가의 계획으로 주어진 하루를 살아간다. 완전히 각성해

버린 트루먼이 삶의 부자연스러움을 알고 난 이후에도 꾹 참으며 같은 하루를 반복하는 것은 고통스러운 일이었을 것이다.

그때 마침 김연수 작가님의 책에서 이런 글귀를 읽었다.

'인생은 놀이공원이야,
해볼 건 다 해보고 나가야지 본전을 건지는 거야.
우리는 자유이용권을 끊고 들어온 거예요.
그렇다면 그게 아무리 무서운 놀이기구라도,
또 아무리 오래 기다려야만 탈 수 있는 것이라도
다 타보고 나가는 게 좋겠어요.'

『우리가 보낸 순간(시)』 중에서, 김연수

나 역시 무려 자유이용권을 가지고 있는데 어째서 같은 놀이기구만 계속 타야 하는지 반항심이 들었다. 저기 내가 타고 싶은 놀이기구가 조명을 밝히고 문을 열어 둔 채 기다리고 있었다. 꽉 들어찬 상태로 삶 속에 무겁게 있고 싶다는 욕망이 커졌다. 굳은 결심을 오래 품고 있다가 학교를 그만두었다.

학교를 그만두고 자연스러운 내가 가장 좋아하는 일을 온종일 해보기로 마음먹었다. 물론 TV를 가장 좋아하기는 하는데 그것만 하기에는 멋이 좀 없으니까 그다음으로 좋아하는 것을 했다. 책을 읽고, 글을 쓰고, 아는 코드가 몇 개 없어 비슷비슷하더라도 좋아하는 멜로디를 흥얼거리며 노래를 만들었다.

마음이 한결 나았다. 통장 잔고가 줄어들면 불안해하며 곧 불행해질 줄 알았는데 다행히 어릴 때부터 가난해서인지 그 기준이 꽤 낮았다. 전기 안 끊기고, 겨울에 난방이 되고, 쌀이 있고, 빚쟁이가 찾아오지만 않으면 앞으로도 꾸준히 무사할 것이다.

작은 둥지를 지은 새가 큰 둥지에 사는 새보다 열등하다고 생각하지 않는데 어째서 인간은 서로를 그렇게 바라볼까? 짐승은 1년만 지나도 독립을 해서 부모님이 누구인지 전혀 중요하지 않은데 어째서 인간은 둘 다가 아니면 부족하다고 할까? 차를 타고 다니나, 걸어 다니나 원하는 곳으로 움직일 수만 있으면 되는데 조금 더 비싼 이동 수단을 갖는 게 그렇게 중요한 일일까?

그 모든 것이 자신에게 소중한 가치를 이루기 위해 필요한 것이라면, 그런 것이 없어도 곧바로 원하는 가치에 닿을 수 있는 인생이 더 효율적인 것 아닐까?

어렸을 때부터 부끄러워했던 가난에 대해 조금은 다른 시선을 갖게 되며 조금씩 자유로워졌다. 그렇게 찾은 자유는 놀이에 대한 감각으로 확장되었다. 누구도 시키지 않았지만 몰입하고 열중했던 일을 마음껏 탐색할 수 있는 시간을 갖게 되었다.

나와 비슷한 것을 좋아하는 사람들과 더 많이 연결될 수도 있었다. 좋아하는 사람들과 연결되기 위해 공들여 나를 꾸미는 일보다는 만나자고 말을 건네는 용기가 필요했다.

친구를 사귀고 싶다면 다른 사람들보다 뛰어난 무언가가 있다고 자랑하는 것보다는 그 사람의 멋진 점을 발견해서 말해 주고 슬픔을 돌보는 진심이 필요했다. 가난해도 모두 가능한 일이었다.

물론 조금이라도 더 오래 여행을 가기 위해 돈을 넉넉히 벌고 싶어 열심히 일한다. 하지만 중요한 선택을 해야 할 때, 내가 어떤 가치를 우선해야 할지 알게 되었다.

어른이 되면 단순히 좋다는 이유만으로 천진하게 앞날을 선택하는 일이 힘들어진다. 예전부터 이상하다고 생각했는데 이제야 이해되는 말이 있다. '울다가 웃으면 엉덩이에 털 난대'. 울면서 웃는 것, 미워하면서 사랑하는 것, 가난하면서 풍요로운 것, 이런 엎치락뒤치락하는 모순을 이해하게 되는 날, 우리에게는 2차 성징이 시작되며 털이 나고 어른이 되는 것이다.

아이들이 자신이 썼던 버킷리스트를 언젠가 이룰 수 있기를 바란다. 울다가 웃는 동안 엉덩이에 털이 나며, 결국은 뜨끈한 어른이 되는 이야기를 써 내려가기를 바란다. 삐걱거리더라도 원하는 것을 향해, 조금 더 용기가 필요한 쪽으로.

그곳은
반드시
있어

백수가 된 후 집에 틀어박혀 원 없이 초단편 소설을 쓰고, 녹음실을 다니며 앨범을 녹음하고, 작은 사진 대회에서 상을 타기도 했다.

문득 여행하고 싶은 곳이 생기면 당장 떠났다. 앨범과 독립출판물을 내고, 가게를 계약하며 통장에 모아 놓았던 돈은 예상보다 훨씬 빨리 사라졌지만, 후회는 없었다. 아무것도 가지지 못했던 어린 시절에 비해서는 언제나 너무 많은 것을 가지고 있다고 생각했다.

이불과 쿠션을 깨끗하게 세탁하고, 씨앗을 심었다. 싹이 난 감자를 심었더니 작은 감자가 나왔다. 도서관에서 가고 싶은 나라의 여행책을 빌렸다.

오늘 하루를 망쳐도 말끔한 내일이 계속 이어져서 좌절

하지 않았다. 모두 내 것이고 조금쯤 게으르게 보낸다고 해도 언제든 다시 시작할 수 있는 것이다.

마음껏 결심할 수 있다. 마음만 먹는다면 무엇이든 할 수 있는 상태라는 것이 좋았다. 이제는 이 삶을 어디로 던질지 넓은 벌판에 우뚝 서서 호기롭게 세상을 바라볼 수 있는 것이다. 견디는 것이 아닌 살아나간다는 느낌.

독립출판물을 제작하며 필명을 지었다. 이름은 슬로보트. 느린 배를 타면 목적지에 늦게 도착하더라도 배 위에 손깍지 끼고 누워 그저 구름만 바라보며 한나절을 보낼 수도, 강가를 스치며 만나는 사람들과 나무의 모양들을 가만히 볼 수도 있다. 세상을 좀 더 찬찬히, 그리고 풍성히 겪으며 항해하는 배.

북극서점에 정식으로 첫 출근을 한 날, 한 손으로 커다란 드릴을 어깨에 걸쳐 보고 스스로 멋지다는 생각이 들었다. 고작 나사못 몇 개를 나무에 고정시킬 뿐, 콘크리트에는 못 하지만 그래도 마치 성공한 사냥꾼처럼 야성적인 기분이 들었다.

매직 블록으로 책을 닦으면서는 그냥 걸레질에 불과한데도 내가 그 책을 수리하는 장인이 된 것처럼 행동의 결이 조심스러웠다.

서점 준비는 예상외로 층층이 힘든 일이어서 나도 모르게 혹사하고 있었다. 가구에 스테인과 페인트칠을 하고 집에 와서는 좋은 책을 발견하기 위해 밤새 컴퓨터를 붙들었다. 육체노동도 노동이지만 내 선택에 대한 불확실성에서 오는 의구심과 압박이 있었다. 하지만 불안함에도 불구하고 계속 진행시킬 수밖에 없는 것이다.

한 번에 아주 많은 일을 벌였기 때문에 잠을 많이 자는 것도 여의치 않았다. 할 일이 너무 많아 압박감을 느끼다가도 문득 내가 그토록 원했던 것이 이 시간임을 실감하고 나른하게 행복했다.

과거의 내가 미래로 시간여행을 해서 깔아 놓은 현재의 융단에 앉아 있는 기분이었다. 미래로 가서 여전히 불행한 자신을 확인하고 화들짝 놀라 과거를 바꾸어 버린 것이다. 근시안을 가지도록 노력한다. 먼 미래를 위해 지금을 너무 많이 희생하지 않도록 노력한다.

서점을 통해 다양한 문을 열어 보고, 이곳이 아니었다면 만나지 못했을 사람들과 이어지며 행복했다.

뒷짐을 지고 아, 이건 이런 게 좋네. 이건 또 이것대로 좋네. 뭐 이런 식으로 많은 것을 끄덕이며 바라보는 동안 나는 어느덧 나이를 먹어 버렸다.

마음껏 삶을 가꾸었으니 후회는 없다. 이제는 삶과 사랑에서 내가 어느 정도로 균형을 이룰 수 있다는 자신감이 살며시 든다.

책방을 하며 혼자 있는 시간에 기분 좋은 고립감을 느낀다. 사람들이 잘 찾지 않는 조그만 장소에서 유리문 하나를 두고 아름다운 문장들과 함께 격리되어 있다.

나는 내가 사랑하는 것들을 위해 기꺼이 일한다. 나의 시간과 얼마간의 돈을 바칠 수 있다. 종이돈을 많이 받지 못해도 대가를 받는다. 책을 사랑할 수 있는 시간이 그것이다. 책을 찾아내고, 전시하고, 선전하기 위해 쓰는 시간뿐만 아니라, 책을 위한 공간을 청소하는 일까지도 그렇다.

고립감 또한 내가 받는 수당이다. 내가 아닌 것들과 되도록 떨어져 있을 수 있다는 것. 사랑하는 것에 더욱 가까이 있을 수 있다는 것. 사랑하는 것들로 누군가와 잇닿을 수 있다는 것. 모두가 온전한 나의 시간이라는 것이 새삼 놀랍고 좋다.

읽고 싶었던 책들이 읽을 수 있는 상태로 눈앞에 언제나 있다. 나는 그것 중 하나를 빼 어느 곳에서나 드러누울 수 있다. 이보다 더 젊은 시절의 어느 날 그토록 갈망했던 평정심이 내게 있다.

쉽게 복잡한 생각에 빠지는 천성이 어디 가지는 않아도 예전보다 빨리 일어설 수도 있고 따뜻한 목소리로 다독일 줄도 알게 되었다. 그 오랜 청춘을 지나는 동안 나는 나를 사용하는 법을 익히고 있었다.

알 수 없는 미지의 세계로 도망가지 않아도 지금 이곳에서도 충분히 괜찮은 것이 아닐까? 언젠가 가까운 훗날 조금 더워지는 여름의 문턱에서 문득 깨달을 것이다. 내가 바라왔던 많은 것의 한가운데에 있음을.

이 모든 과정이 내가 진짜 바라는 집으로 돌아가는 미로에서 한나절 놀이를 하는 것만 같다. 이쪽으로 가도, 저쪽으로 가더라도 어쩐지 길이 있을 것만 같아서 여기저기 가보고, 막힌 길이 나올 때도 있다.

다양한 길들을 감식하며 걸어간다. 길 끝에는 내가 정말 돌아가고 싶은 집이 불을 밝히고 있을 것이다. 좋아하는 사람들이 각자의 자리에서 할 일을 하다가 문득 고개를 들어 '왔어?'라고 말해 줄 것이다. 그곳은 반드시 있다.

epilogue.

그래도 아직은 환한 저녁

어린 시절이 가난이나 불운에 잠식당하는 동안 충분히 자라지 못한 어른들이 있다.

사실 메워야 할 곳 없이 이미 튼튼하게 완성되어 세상에 발을 딛는 스무 살은 거의 없을 것이다. 몸만 어른의 모양에 가까워졌을 뿐인 우리는 그제야 스스로 돌보며 원하는 사람으로 성장시킬 자유를 얻게 된다.

청춘은 어느 부분이 결핍되고, 아픈 사람인지를 알아내는 과정일지도 모른다. 저절로 주어진 사람들이 나와 맞지 않음을 발견하고, 사랑에 빠지지만, 그 뜨거운 공을 어설프게 떨어뜨린 후 저만치 굴러가는 모습을 보며 슬퍼한다. 내게 맞지 않는 일에 몸을 구겨 넣어 애써 출근길

버스에 몸을 싣지만 벗어 버릴 순간만 기다리게 될 수도 있다.

사람들이 말하는 높은 수준의 보통을 갖지 못한 나는 내내 실격된 채로 침울해야 하는 것일까?

누가 뭐라지만 않는다면 생활의 결핍에도 나름의 운치가 있다. 그렇게 낮은 풍경이 아니었다면 알 수 없었을 기쁨과 발견이 있다. 누추하고 남루한 삶의 방식을 그저 나름의 개성으로 받아들인다면 더 많은 것이 자연스러워질 것이다. 내가 겪은 불완전함이 보통일 수도 있겠다는 생각으로 지난 일들을 다시 돌아보았다.

자기 연민을 드러내는 것이 촌스러운 일이 되는 성숙한 세상에서 사람들은 자신의 슬픔을 드러내는 것을 조심스러워한다. 환부를 몇 번이고 드러내는 것이 격려받는 세상이 되기를 바란다. 딱지를 들여다보며 나도 그런 게 있다고 이야기해 주는 사람들이 많아지기를 바란다. 우리의 가난은 보통이다. 우리의 상처는 보통이고, 우리의 과함과 서투름과 실수들이 모두 보통이다. 미운 사람이 생각나면 혼내 줄 생각으로 첫 문장을 쓰다가도 점점 그 얼굴이 나를 돌아보고, 그가 바라보는 방향을 함께 보기도 하며 끝 문장에 가서는 용서해 버릴 때가 있었다. 여전히 미운데 그냥 봐주기로 했다. 열 받게 해도 그냥 귀여워해 주기로 했다. 조금 모자란 모습 그대로, 서로 사랑해 주는 존재들이 많아지기를 바란다.

그리고 늦지 않았다. 지금부터라도 원하는 모양으로 자랄 수 있다. 보듬을 것들은 모두 가까운 곳에 있다.

우당탕탕 슬로보트 드림.

순면과 벌꿀

돌아오고 싶은 집을 만드는 방법

초판 1쇄 찍은날 2023년 7월 10일
초판 1쇄 펴낸날 2023년 7월 20일

지은이 슬로보트
디자인 호롱불스튜디오
편 집 조정희

펴낸이 류미진
펴낸곳 어떤우주
출판등록 2019년 3월 15일(제 2019-000020호)
주소 경기도 부천시 장말로280번길 45
전자우편 etujubook@naver.com
인스타그램 @et.uju.book

ISBN 979-11-967598-5-8(03810)